AF603937

LA CONFRATERNITA DEGLI ALBERI

La nascita di Arboram

EMILIANO
FORINO PROCACCI

LA CONFRATERNITA DEGLI ALBERI

La nascita di Arboram

Questo libro è un'opera di fantasia. Personaggi, nomi, luoghi, organizzazioni, fatti e avvenimenti citati sono invenzioni dell'autore.
Qualsiasi analogia con eventi, luoghi e persone, vive o scomparse, è assolutamente casuale.

Unstatus Luxury™

ISBN 979-12-210-7882-4

Immagine di copertina e illustrazioni: Cecilia Flumian

I EDIZIONE DICEMBRE 2024

Gli alberi e le rocce ti insegneranno cose che nessun maestro ti dirà.

San Bernardo di Chiaravalle

1

Nel 52 a.C. il soldato romano Valentinus si trovava nella Gallia Transalpina. Aveva seguito sin lì il suo comandante Gaio Giulio Cesare a cui era talmente devoto da essere disposto a difenderlo a costo della vita. Sapeva che le alleanze dei popoli della Gallia stavano minacciando il suo Paese e che se i barbari non fossero stati fermati avrebbero attaccato Roma dove egli aveva lasciato la moglie e il figlio. Da una parte gli mancavano molto e avrebbe preferito di gran lunga starsene accanto a loro, ma dall'altra era conscio del fatto che se non si fosse trovato in Gallia sarebbe venuto meno al dovere di difendere la patria. Si era ripetuto più volte: "Se non fossi venuto sin qui a combattere, probabilmente nel giro di poco tempo mi sarei ritrovato gli invasori barbari di fronte alla porta di casa".

Era fedele a Giulio Cesare e non credeva a chi sosteneva che egli volesse procurar battaglia solo per accrescere la sua influenza politica. Lo scopo di quella guerra era di mettere in atto un'azione preventiva per scongiurare l'ipotesi di essere attaccati all'improvviso.

Valentinus si trovava immerso in questi pensieri mentre aiutava a costruire l'accampamento. In un solo giorno insieme ad altri 20.000 legionari aveva marciato per 36 km con un equipaggiamento composto da armi, corazza, attrezzi da lavoro, palo per allestire il campo, cibo e tanto altro. In totale il carico trasportato era di 35 kg, eppure nessun soldato osava lamentarsi perché tutti sapevano di dover condurre una missione ed erano consapevoli che un commento negativo poteva originarne altri fino ad arrivare a minare il morale delle truppe; per tale ragione spesso si ripetevano: *rumores fuge, ne incipias novus auctor haberi* che tradotto significa: "Fuggi le chiacchiere per non essere considerato un loro fomentatore".

L'allestimento dell'accampamento stava per giungere al termine, il fossato era stato scavato e le palizzate erano state messe in posizione. Valentinus tirò fuori da una sacca un medaglione di rame e lo osservò per un momento. Lo aveva ricevuto qualche giorno prima da suo fratello, anche lui soldato, che in punto di morte gli aveva raccomandato di proteggere quell'oggetto a costo della vita. Il fratello si chiamava Vitruvius e mentre si trovava con altri legionari fuori dal campo per procacciare il cibo, era stato ferito gravemente dai nemici nel corso di un'imboscata. Poco prima di morire aveva raccontato a Valentinus di far parte di un ordine segreto chiamato Confraternita degli Alberi, il cui motto era *Virtus et Honor* e che il medaglione serviva a "udire la voce delle piante". Bisognava portarlo il prima possibile a Roma e consegnarlo a un certo Cosmus Cornelius Calvos che risiedeva nei pressi del Senato.

Il nostro legionario pianse per la morte del fratello e si stupì del fatto che egli non avesse mai fatto cenno prima di allora a quell'ordine segreto. Non sapeva come fosse venuto in possesso del medaglione e meno che mai come questo potesse consentire di udire la voce delle piante. Ad ogni modo avrebbe mantenuto la promessa, sempre che non fosse morto nell'imminente battaglia con i barbari.

Mentre Valentinus riponeva il medaglione nella sacca, notò il sommo comandante Giulio Cesare avanzare tra i legionari per incoraggiarli. Tale pratica era inusuale per l'epoca perché generalmente i comandanti se ne stavano rinchiusi nelle loro tende a pianificare la battaglia, ma Giulio Cesare amava parlare con i suoi uomini per stabilire con loro un rapporto di stima reciproca e diminuire quella "distanza" tra la sua influente figura e quella dei soldati semplici. I legionari avrebbero dato la vita per lui, lo reputavano un uomo che non temeva di sporcarsi le mani e un capo pronto a schierarsi con loro in prima linea. Lo aveva dimostrato più volte, come quando si era lanciato nel mezzo della battaglia senza la protezione dell'elmo e dello scudo per essere più visibile e poter meglio incitare i suoi legionari. Stessa cosa era accaduta presso il fiume Sabis quando i Nervi avevano attaccato di sorpresa l'esercito romano. In quell'occasione i legionari non erano pronti a combattere e molti non avevano nemmeno lo scudo; fu allora che Giulio Cesare si era gettato proprio dove i nemici stavano attaccando con più ferocia. Di fronte a quel gesto così eroico, i suoi soldati si erano rianimati e avevano contrattaccato fino ad arrivare a vincere lo scontro.

Valentinus si ritrovò davanti Gaio Giulio Cesare che si complimentò con lui per aver contribuito a costruire la fortificazione. Il soldato si portò una mano al petto e abbassò lo sguardo in modo deferente, ma il comandante gli disse: «Non merito tante premure, piuttosto non ne avere per i nemici quando te li troverai di fronte sul campo di battaglia. Lì, dovrai mostrare il tuo valore. Voglio confidarti un segreto: io ho paura. Non c'è nessuna vergogna nel provarla, anzi, è del tutto normale, ma quando arriverai alla fine della vita, che sia oggi stesso o tra molti anni, un attimo prima di chiudere gli occhi per sempre, non ti rammenterai delle centinaia di volte in cui hai sperimentato la paura, ma di quei pochi virtuosi atti eroici che ti hanno reso un uomo migliore».

Il comandante proseguì oltre e Valentinus si sforzò di celare la commozione. Quelle poche parole avevano toccato il suo cuore riempiendolo di orgoglio.

Scese la notte e sebbene si sentisse stanco, il nostro soldato non riuscì a chiudere occhio perché dopo l'incontro con Giulio Cesare qualcosa in lui era cambiato. Il discorso pronunciato dal comandante lo aveva talmente impressionato da non fargli più temere la morte, piuttosto ora cercava di raccogliere le energie per non dover affrontare il disonore di fallire quando si sarebbe trovato sul campo di battaglia. Se ne stava a guardare le stelle mentre in lontananza sentiva un gran trambusto provocato dai nemici che, in base a quanto riferito dalle spie, erano nove volte più numerosi delle truppe romane. Giulio Cesare aveva fatto circolare la voce tra i suoi legionari che l'esercito avversario contava 328.000 armati, mentre i romani disponevano di circa dieci legioni per un totale di 34.000 uomini. A prima vista potrebbe sembrare che il comandante avesse commesso un errore nel diffondere questa voce perché i suoi soldati, acquisendo la consapevolezza di essere in inferiorità numerica, si sarebbero potuti scoraggiare, tuttavia Giulio Cesare non era solo un grande stratega ma anche un abile comunicatore. Egli era conscio del fatto che i legionari romani, sapendo di essere inferiori di numero, anziché abbattersi, si sarebbero stretti gli uni con gli altri. Nelle situazioni di pericolo, infatti, la solidarietà, l'altruismo e l'ardore si ridestavano fra quei soldati, inoltre il sacrificare la vita in battaglia per difendere la patria e i commilitoni era considerato un atto onorevole.

Valentinus durante la sua carriera aveva visto molti legionari morire e la cosa più difficile d'affrontare per lui, era che nel trambusto della battaglia difficilmente riusciva a soccorrerli. In tali occasioni il suo sguardo incrociava quello dei moribondi nei cui occhi c'era una strana ombra. Non era mai riuscito a spiegarsi da dove essa provenisse. In quel momento egli pensò: "Quando una persona sta per morire a causa delle ferite riportate ha uno sguardo diverso rispetto al solito, come se la sua stessa anima si preparasse a lasciare il corpo e volesse affacciarsi dagli occhi per salutare un'ultima volta il mondo".

Poco dopo, a causa della stanchezza, con l'immagine fissa nella mente del suo comandante, Valentinus riuscì a trovare un po' di sollievo e a chiudere gli occhi per riposare.

Il giorno seguente il nostro soldato, con indosso l'armatura completa, si preparava a combattere i galli che avevano formato una coalizione guidata da Vercingetorige, re della tribù degli Arverni. Valentinus cercava di controllare le emozioni perché a breve avrebbe lottato per la sua stessa vita. Tentava di non lasciarsi intimorire dall'esercito avversario che era talmente vasto da non consentirgli di distinguere dove finisse. L'assordante fragore della battaglia presto riempì l'aria e il rumore delle spade sugli scudi, così come quello delle grida di chi si lanciava all'assalto, era talmente forte da mettere a dura prova i timpani dei soldati che in quel momento erano preda dell'istinto primordiale della lotta. Non c'era tempo per pensare, pianificare, ponderare, ma solo quello di agire passando di duello in duello, cercando brevemente con lo sguardo i compagni in difficoltà per correre in loro aiuto.

Valentinus fu circondato da tre galli armati di pesanti spade. Si batté come un leone, ma venne ferito a una spalla e proprio quando stava per soccombere, fu soccorso da un legionario che uccise i nemici.

Il nostro uomo era riverso a terra con lo sguardo fisso verso una pozzanghera nella quale notò incresparsi l'acqua, quando improvvisamente un frastuono di crescente intensità riempì l'aria.

"Arriva la nostra cavalleria" pensò un momento prima di vedere una persona dagli occhi neri e i lineamenti aggraziati, con uno scudo raffigurante un braciere dalla fiamma viola sostenuto da due grifoni e sormontato da un pavone, che con voce delicata gli chiese dove avesse nascosto il medaglione. Valentinus non riusciva a capire se si trattasse di una visione, inoltre, non comprendeva se chi aveva di fronte fosse un ragazzo o una ragazza. Al posto dell'armatura indossava una tunica bianca stretta in vita da un cordoncino dorato e aveva un fisico longilineo. Non sembrava appartenere al popolo barbaro, tantomeno a quello romano e la sua presenza sul campo di battaglia era alquanto bizzarra perché quell'essere sembrava non curarsi affatto di quanto stava accadendo intorno a lui, così come delle frecce che di tanto in tanto gli sfioravano i lunghi capelli biondi.

Valentinus scosse la testa e perse i sensi.

La battaglia continuò finché Vercingetorige si rifugiò nella rocca di Alesia che fu posta sotto assedio. Intorno ad essa Giulio Cesare fece costruire varie fosse riempite con l'acqua dei vicini fiumi, molte trappole, mille torri di guardia, numerosi fortini e una palizzata lungo tutto il perimetro.

Nemmeno l'arrivo dell'esercito inviato dalle popolazioni vicine in soccorso dei galli riuscì a turbare i romani che, grazie all'astuzia del loro comandante, utilizzarono le fortificazioni appena costruite per respingere ogni attacco nemico.

Se Giulio Cesare non avesse fatto edificare una così imponente linea di difesa i suoi soldati si sarebbero trovati a combattere in campo aperto su due fronti, ovvero da una parte contro l'esercito giunto in soccorso dei galli e dall'altra contro gli uomini schierati ad Alesia. I nemici dei romani erano comunque in vantaggio perché numericamente superiori e potevano sostituire le loro prime linee con truppe fresche, tuttavia a un certo punto accadde qualcosa di inaspettato: Giulio Cesare scese in campo. I legionari riconobbero immediatamente il suo mantello rosso che indossava durante i combattimenti per essere notato dai soldati e infondergli coraggio. Era lì con loro e non li avrebbe mai lasciati: la ritirata non era tra le sue opzioni!

I romani si rianimarono lanciando giavellotti e cominciando a combattere con le spade. Il frastuono della battaglia era talmente forte da far cadere perfino le foglie più fragili degli alberi. Improvvisamente la cavalleria romana, seguita da varie coorti, apparve alle spalle dei galli riuscendo a farli retrocedere fino ad Alesia.

L'intera coalizione della Gallia era stata sconfitta. Con indosso la sua migliore armatura Vercingetorige uscì a cavallo dalla città per recarsi da Giulio Cesare e consegnargli le armi.

Dopo quella battaglia non si seppe più nulla di Valentinus e del misterioso personaggio dagli occhi neri e i capelli biondi che egli aveva incontrato sul campo di battaglia.

Una cosa però accadde qualche tempo dopo. Gaio Giulio Cesare stava personalmente sovrintendendo le operazioni di smontaggio della sua tenda, quando raccolse da terra il medaglione di Valentinus per riporlo in una sacca di pelle.

2

Molti secoli dopo le vicende accadute al legionario Valentinus e più precisamente nel 1976, due giovani innamorati si trovavano in Antartide per condurre una ricerca. Lei si chiamava Livia e lui Arnaldo, anche se da tutti era conosciuto con il nome di Azoth. Con l'aiuto di alcuni collaboratori, i due stavano perlustrando un'area remota dove solo poche persone avevano messo piede prima di allora. Servendosi della manica della giacca Azoth liberò dalla neve una lastra di ghiaccio, quando venne abbagliato da una luce.

«Amore, ci siamo! Lo abbiamo trovato!» gridò, ma in quel momento il ghiaccio si ruppe facendolo sparire nel sottosuolo. Scivolò su una lunga lastra congelata fino a giungere all'interno di una caverna caratterizzata da uno strano pavimento nero lucido con al centro un grande cristallo al cui interno si potevano notare alcuni ingranaggi mossi da una miscela densa simile alla sabbia bagnata.

Seguendo lo stesso percorso di Azoth anche Livia atterrò sul pavimento. I capelli castani erano in parte ricoperti dalla neve, mentre la tuta termica aveva un buco all'altezza delle spalle. Si guardò intorno con i suoi occhi verdi sperando che Azoth non si fosse fatto male e si tranquillizzò quando lo vide esaminare il grande cristallo.

«Eccolo qui, Livia! Dobbiamo solo capire come portarlo a casa.»

Lei rispose: «Bisogna nasconderlo in un posto sicuro, altrimenti per l'umanità saranno guai. Nessuno dovrà servirsi del cristallo per conoscere il futuro».

3

In seguito agli eventi eccezionali verificatisi ai tempi di Valentinus e dopo il ritrovamento del cristallo in Antartide, accadde un altro fatto straordinario: Azoth e Livia ebbero un figlio che fu chiamato Valerio Massimo. Il giovane, dotato di notevoli capacità inventive, un giorno sarebbe riuscito a mettere a punto un dispositivo che, dopo alterne vicende, gli avrebbe consentito di entrare in possesso di un oggetto unico al mondo.

Il cognome di suo padre era "Palatino" e lo aveva ereditato da un'illustre famiglia italiana originaria di Firenze, trasferitasi a Roma nel 1800 per dedicarsi alla gestione di alcuni possedimenti. Azoth era un uomo molto colto, severo, disciplinato, invece Livia aveva un carattere più brioso, ma la sua cultura superava di gran lunga quella del marito. Aveva studiato botanica e nel corso degli anni si era recata nei più remoti angoli del pianeta alla ricerca di nuove specie di piante, riuscendo a ritagliarsi una posizione di rilievo all'interno della comunità scientifica internazionale.

Valerio era cresciuto in una bella zona di Roma a pochi passi da Piazza Euclide e più precisamente al civico 79 di Via Filippo Civinini. Sin da quando era piccolo, i genitori usavano portarlo a messa nella vicina Basilica del Sacro Cuore Immacolato di Maria. A dire il vero non gli piaceva molto andare lì, anzi, si annoiava tremendamente, ma amava quanto avveniva subito dopo la funzione perché mentre Azoth e Livia si intrattenevano a parlare con gli altri genitori, Valerio poteva giocare con i suoi coetanei. A quel tempo aveva solo otto anni, ma sapeva perfettamente cosa avrebbe fatto da grande: sarebbe diventato un'astronauta. Faceva parte di quella generazione che non conosceva il tablet né lo smartphone perché all'epoca non erano stati ancora inventati, quindi per passare il tempo doveva usare la fantasia e questo senza dubbio contribuiva a stimolare la sua creatività.

A casa era molto seguito nello studio dalla governante di nome Amaltea, donna affettuosa ma allo stesso tempo severa, con alle spalle un passato familiare difficile che scherzosamente usava chiamare Valerio "Piccolo Lord". I due avevano un buon rapporto e spesso preparavano insieme la torta di mele. In realtà il piccolo si divertiva a spargere gli ingredienti qua e là nella cucina, ma alla fine, grazie alla guida della governante, qualcosa di buono veniva sempre sfornato. Valerio considerava Amaltea come una seconda mamma e scherzosamente la chiamava "Rubiconda". L'aveva sentita chiamare in quel modo affettuoso da sua madre perché quando faceva freddo le gote di Amaltea diventavano rosse, perciò Livia aveva scelto di darle il soprannome di rubiconda prendendo spunto dall'aggettivo "rubicondo" che, appunto, significa rosso.

Amaltea sembrava la persona perfetta per ricoprire il ruolo di governante e aveva trovato quell'impiego per puro caso. Qualche anno prima mentre si trovava a Roma incontrò Livia dopo la messa e la mise al corrente della sua difficile situazione familiare. Lei si mosse a compassione e le offrì il posto da governante. Non avendo altre alternative e per liberarsi del pesante fardello rappresentato dal modo di pensare rigido di sua madre, Amaltea aveva accettato di buon grado l'offerta.

Anche Livia seguiva il figlio nello studio e spesso lo esortava a leggere i classici della letteratura per ampliare i suoi orizzonti, dicendogli: "Il mondo è tutto da scoprire, così come l'universo. Se abbraccerai la cultura riuscirai a vedere lontano e a spingerti dove nessuno si è mai spinto. La conoscenza si acquisisce solo se si ha il coraggio di salire sulle spalle dei giganti che ci hanno preceduto e con ciò intendo riferirmi a persone come Galileo Galilei, Newton, Leonardo da Vinci e tanti altri".

Il bambino non badava molto alle parole della madre e lei si infastidiva quando lo vedeva fare spallucce mostrandosi poco interessato ai suoi discorsi, tuttavia spesso si ripeteva: "Non devo prendermela più di tanto perché i bambini sono come spugne e anche se sembra il contrario, afferrano quanto gli viene detto. È un po' come gettare un seme che all'inizio sembra non produrre nulla, ma poi cresce fino a mutare in una robusta pianta".

In estate il bambino andava nella tenuta di famiglia che si trovava non lontano da Roma nel paese di Morlupo dove, insieme ai genitori, faceva lunghe passeggiate a piedi nudi sui prati. I sassolini, così come il contatto con la terra, lo infastidivano perciò chiedeva il permesso di rimettere le scarpe, ma i genitori non glielo consentivano. Gli suggerivano di imparare a connettersi con la Madre Terra perché l'essere umano era stato progettato per vivere in simbiosi con la natura e le suole delle scarpe gli impedivano di stabilire un legame con essa. Valerio non capiva cosa volessero dire i genitori con quelle parole e tutte le volte faceva spallucce continuando a camminare, fermandosi qua e là per odorare i fiori o giocare con i bastoncini di legno.

Valerio divenne un ragazzo e la sua passione per i viaggi spaziali diminuì mentre quella per l'archeologia aumentò.

Un giorno il padre lo svegliò all'alba per condurlo a Morlupo. Il figlio più volte aveva chiesto il motivo di quell'insolita gita, ma non era riuscito a ricevere alcuna spiegazione. I due giunsero di fronte a un'antica quercia dalla chioma imponente. Gli occhi verdi di Valerio si muovevano freneticamente per cercare di cogliere qualche indizio che gli consentisse di capire come mai il padre trasportasse due pale e soprattutto il perché lo avesse condotto lì.

"Forse vuole prendere una piccola quercia per trapiantarla nel nostro giardino?" si domandò ingenuamente.

Azoth rimosse le foglie secche dalla base del grande fusto dell'albero e cominciò a scavare invitando il figlio a fare altrettanto.

«Si tratta di una caccia al tesoro, papà?» chiese il ragazzo legandosi i lunghi capelli castani.

«La tua giovane età e la poca esperienza della vita ti rendono ingenuo. È certamente inusuale il fatto di trovarti in un bosco a scavare con tuo padre, ma ti chiedo di fare uno sforzo e di riuscire a formulare domande intelligenti. Quando ci riuscirai, riceverai delle risposte in grado di soddisfare la tua curiosità.»

Azoth era un uomo dai capelli corvini, dalla corporatura robusta, austero e dagli impenetrabili occhi neri. Chiunque nella sua ampia rete di amicizie lo riteneva una persona dal grande intelletto e dalla vasta cultura. Pesava sempre le parole e le usava con parsimonia senza eccedere mai nei commenti, mostrando al contempo una profonda saggezza. Amava leggere le poesie di Lord Byron, Edgar Allan Poe, ma anche quelle di Dante Alighieri, Guido Cavalcanti, Francesco Petrarca ed esortava il figlio a fare lo stesso. Valerio invece preferiva leggere cose meno impegnative e più alla sua portata, però un giorno avrebbe seguito gli insegnamenti di Azoth appassionandosi alle opere degli stilnovisti, così come a quelle di tanti altri poeti.

Mentre Valerio era occupato a scavare stava pensando a una domanda intelligente da porre al padre, quindi chiese: «Vuoi insegnarmi l'importanza del lavoro manuale, per questo ci troviamo qui con questi attrezzi?».

Azoth non rispose e il ragazzo capì di non aver posto una domanda pertinente. Aveva un ottimo rapporto con il padre anche se la sua figura austera gli incuteva una certa soggezione. Spesso lo vedeva sparire dietro la porta del suo studio insieme a uomini e donne con indosso abiti eleganti. Si era sempre domandato chi fossero quelle persone e come mai frequentassero casa sua ma nonostante avesse cercato di informarsi chiedendo alla madre, lei aveva sempre risposto in modo vago dicendo che si trattava di cose da adulti. Lo esortava ad avere pazienza perché un giorno gli sarebbero stati rivelati alcuni "segreti di famiglia".

Mentre il ragazzo stava rimuovendo la terra ai piedi del grande albero, gli venne in mente un episodio risalente a quando aveva tredici anni.

All'epoca Valerio conservava ancora quell'ingenua curiosità dei bambini che alle volte li porta a mettersi nei guai. Un giorno si trovava nella casa di Roma e aveva deciso di nascondersi dietro la tenda dello studio. Da lì si intravedevano solo tre sagome scure, ma sporgendosi leggermente riuscì a scorgere due persone sedute su un divano, mentre il padre era sulla poltrona. C'era una donna con la pelle color ebano e i capelli scuri tenuti insieme da una spilla d'oro bianco che indossava un lungo abito verde in stile ottocentesco; accanto a lei sedeva un uomo vestito di un completo nero con le code, una tuba e scarpe lucide che scricchiolavano a ogni passo. Fu lui il primo a parlare. «Azoth, la missione in Amazonia è stata un successo. Due nostre infiltrate sono riuscite a sabotare tutti i mezzi per abbattere gli alberi e per ora la deforestazione è stata fermata. Inoltre siamo stati in Abruzzo, nel piccolo paese di Balsorano e abbiamo messo fuori uso le ruspe che gli operai stavano usando per costruire una pista da sci.»

«Bene» rispose lui «gli alberi racchiudono la storia dell'umanità e ogni volta che uno di essi cade, si cancella una parte delle nostre conoscenze. Hai fatto un ottimo lavoro, Pierre. Si vede che hai del talento, proprio come tuo fratello Jacques.»

Parlando a bassa voce, la donna aggiunse: «C'è dell'altro e ti prego di ascoltarmi. Sei il Gran Maestro della Confraternita degli Alberi e hai il dovere di prendere una decisione in merito a quanto sto per dirti. Stiamo rischiando molto. L'identità di alcuni nostri affiliati è stata compromessa e il segreto degli alberi non è più al sicuro. Ti suggerisco di recarti a Montemurlo nella villa della Confraternita e di considerare l'idea di lasciare il Paese. Forse hanno scoperto che hai il medaglione. Se ce lo consegnerai lo terremo al sicuro, vedrai che anche Livia sarà d'accordo con me».

Il padre di Valerio rimase in silenzio per un momento, poi rispose: «Maria, non preoccuparti, il medaglione è conservato in un posto sicuro e nessuno, eccetto me, sa dove si trova. Secondo il mito perfino il grande Generale romano Gaio Giulio Cesare, comprendendone il grande potere, fece di tutto per tenerlo lontano da occhi indiscreti. Nemmeno Livia sa dove è nascosto, se ne venisse a conoscenza sarebbe in pericolo e questo non posso permetterlo. Devo proteggerla».

L'uomo con la tuba intervenne dicendo: «Ci fidiamo di te, ma forse non siamo stati abbastanza chiari. Gli uomini del Fuoco Greco hanno capito che per riuscire ad ascoltare la voce degli alberi devono servirsi del medaglione. Da un momento all'altro potrebbero piombare qui e fare del male a te, a tuo figlio e a tua moglie. Livia è il Capo Supremo della Confraternita degli Alberi e se le succedesse qualcosa, per noi sarebbe la fine».

Azoth schiarendosi la voce rispose: «Capisco. Manderò per un po' mia moglie e mio figlio nella villa di Montemurlo, almeno fino a quando le acque non si saranno calmate e nasconderò il medaglione in un altro posto».

«Anche tu dovresti metterti al sicuro» disse la donna congiungendo le mani per implorare Azoth di darle ascolto, ma egli su questo punto fu irremovibile ed esclamò: «Il mio posto è qui! I confratelli hanno bisogno di me e non posso sparire dalla circolazione. Nel corso dei secoli molte persone hanno difeso il medaglione con la vita e io farò lo stesso. Ora dobbiamo congedarci. Che la voce degli alberi vi accompagni. Virtus et Honor».

Non appena tutti ebbero lasciato la stanza, Valerio uscì dal suo nascondiglio. Non aveva compreso una parola della conversazione a cui aveva assistito, ma in futuro tutto avrebbe avuto un senso.

4

Valerio stava scavando nei pressi della grande quercia e aveva appena finito di pensare all'episodio di cui era stato testimone anni prima nello studio del padre. Decise di porre un'altra domanda con la speranza che Azoth la ritenesse "sensata", così chiese: «Hai nascosto qui un oggetto e lo stiamo dissotterrando, giusto?».

«Ecco, ora hai posto un buon quesito. Ti sembrerò severo, ma il fatto di non rispondere alle domande poco pertinenti ti stimola a pesare di più le parole. Il mondo è pieno di persone che aprono bocca prima di riflettere, invece la comunicazione dovrebbe essere intesa come un gesto altruistico. Quando parliamo dovremmo fare in modo di donare la nostra saggezza agli altri per arricchirli e, sperabilmente, ricevere in cambio la stessa cosa. Per tornare alla tua domanda: sì, stiamo cercando un medaglione che ho nascosto qui tempo fa, abbi pazienza e vedrai.»

Valerio si domandò se non si trattasse proprio del medaglione a cui aveva fatto cenno il padre anni prima nel suo studio, inoltre, sempre in quell'occasione, si ricordava di aver sentito parlare di alcuni "uomini del Fuoco Greco" ed era curioso di saperne di più.

Con la pala urtò una superficie dura. Il padre lo pregò di farsi da parte e dissotterrò uno scrigno di legno con inciso il simbolo di un albero sormontato da cinque stelle, i cui rami intrecciati formavano le lettere C e A.

«Un giorno diventerai il custode del medaglione contenuto in questo scrigno e dovrai proteggerlo a costo della vita, proprio come hanno fatto tanti grandi personaggi della storia. Una leggenda narra che nel corso del tempo il medaglione sia stato nascosto in vari posti, perfino ai piedi di un albero situato nei pressi del Rubicone, il famoso fiume attraversato da Gaio Giulio Cesare e dai suoi legionari.»

Valerio preferì non rivelare di avere già sentito parlare del medaglione diversi anni prima quando si era nascosto dietro la tenda. Il fatto di fare una cosa così inusuale come quella di scavare per cercare quell'oggetto, lo emozionava. Avrebbe voluto porre mille domande, ma sapeva di dover tenere a freno la curiosità perché una spiegazione sarebbe presto arrivata.

Azoth aprì lo scrigno al cui interno, avvolto da un drappo color porpora impreziosito dal ricamo di tre gigli dorati, si trovava un medaglione di rame grande quanto il palmo di una mano con incisi vari simboli disposti intorno a tre buchi, ciascuno attraversato da filamenti d'oro, argento e ferro. Nella parte sottostante del medaglione vi era una capsula di vetro contenente del mercurio dai cui partivano quattro fili di piombo, rame, bronzo e stagno che Azoth distese con estrema cura, poi servendosi dei pollici esercitò una pressione al centro del medaglione per aprirlo verso l'esterno e fargli assumere una forma sferica.

«Papà, è bellissimo!» esclamò Valerio fissando l'oggetto che veniva illuminato dai raggi solari filtrati dalle fronde degli alberi.

«Figlio mio. La nostra famiglia fa parte della Confraternita degli Alberi il cui compito è quello di custodire questo medaglione. Io ho promesso di proteggerlo a costo della vita e ho giurato fedeltà assoluta anche a tua madre che è il Capo Supremo della nostra organizzazione.»

Valerio non sapeva quale scopo avesse la Confraternita, tantomeno cosa il padre volesse dire riferendosi alla madre come al "Capo Supremo", però si sentiva orgoglioso del fatto che la sua famiglia vegliasse su un oggetto così bello e certamente importante. Il ragazzo ingenuamente chiese: «Ha dei poteri speciali? Cosa può fare il medaglione?».

Il padre spiegò che quell'oggetto era stato creato nell'antichità con lo scopo di ascoltare la voce degli alberi.

«Papà, ma gli alberi sanno parlare? Mi sembra una cosa molto fantasiosa.»

«A tempo debito la tua curiosità sarà soddisfatta in pieno, per ora sappi che le foreste manifestano un comportamento sociale. Gli alberi, così come i funghi e tutti i microorganismi presenti nel terreno, si aiutano a vicenda tramite speciali connessioni. In poche parole la foresta ha una fitta rete di comunicazione sotterranea che consente agli alberi di scambiarsi informazioni e, all'occorrenza, perfino nutrienti. Chi ha realizzato il medaglione evidentemente ne era a conoscenza. Aveva compreso come le piante non vadano considerate al pari di oggetti senz'anima, anzi, tutto il contrario: esse possono comunicare tra di loro e scambiarsi dei messaggi proprio come facciamo noi esseri umani.»

«Avevo letto qualcosa al riguardo su una rivista scientifica, ho già sentito parlare di quest'argomento» disse Valerio.

«Bene. Chi ha inventato il medaglione scoprì che gli alberi riescono a captare quanto accade intorno a loro, come per esempio il rumore generato da un incendio o da una tempesta e a immagazzinarlo nel fusto e più precisamente negli anelli di accrescimento.»

«Mi stai dicendo che gli anelli di accrescimento sono un po' come un disco su cui si incide la musica, cioè come una memoria centrale dove vengono immagazzinate le informazioni?»

Il padre annuì pur senza aggiungere altro. Servendosi di un piccolo trapano a mano praticò quattro minuscoli buchi nel fusto dell'albero dove inserì i fili del medaglione che cominciarono a vibrare e a restituire il suono di un temporale e il verso di vari animali. Infine dal medaglione uscì la voce di Azoth che diceva: «Quando sarai cresciuto ti porterò qui per ascoltare questo messaggio e mostrarti cosa può fare il medaglione, poi troverò un altro posto dove nasconderlo e quando diverrai il Gran Maestro della Confraternita, sarai tu a custodirlo. Virtus et Honor è il nostro motto e significa Virtù e Onore. Tieni queste parole vicine al tuo cuore e ricorda: nulla è ciò che sembra».

Valerio non riusciva a capacitarsi del fatto che il medaglione riuscisse a riprodurre la voce del padre e soprattutto che essa fosse immagazzinata nel fusto dell'albero.

Azoth disse: «Nel giorno in cui sei nato ho pronunciato le parole che hai appena ascoltato. Mi trovavo proprio di fronte a questo albero che non solo le ha captate, ma le ha salvate nella sua memoria. Il medaglione ci consente di udire la mia voce, ma anche tanti altri suoni registrati dall'albero tra cui quello del temporale, del vento, del verso degli animali, ecc.».

Il figlio, ancora incredulo, pensò: "Gli alberi sono una sorta di registratori viventi e gli antichi erano riusciti a capirlo, quindi hanno messo a punto il medaglione per ascoltare ogni cosa".

Azoth inclinò il medaglione verso destra e il ritmo dei suoni accelerò, subito dopo lo inclinò dall'altra parte per farli andare a ritroso. In questo modo poteva accelerare laddove si udiva il vento o lo scrosciare dell'acqua e rallentare quando intendeva sentire distintamente un suono.

«Figlio mio, gli unici esseri sopravvissuti al passare dei secoli sono proprio gli alberi. Sono i cosiddetti "testimoni del mondo" e sarebbe sbagliato credere che possano vivere millenni senza riuscire a comunicare con la natura circostante. Come ti ho detto, essi sono vivi come gli esseri umani, si scambiano informazioni, captano quanto accade intorno a loro e lo immagazzinano nella memoria.»

Fece una pausa per dare più solennità al discorso, poi continuò: «Purtroppo l'umanità è composta da persone troppo distratte e pochi si rendono conto che gli alberi non devono essere considerati come oggetti solo perché non sono in grado di parlare. Invece andrebbero visti come esseri viventi capaci di percepire e ricordare. Ora ti sarà chiaro perché è importante custodire il medaglione. Se uno strumento di questo valore finisse nelle mani sbagliate potrebbe causare mutamenti profondi nella società in cui viviamo, rischiando perfino di portarla all'estinzione. Inoltre esso consente di scoprire dove è nascosta la medicina universale che se fosse distribuita agli esseri umani verrebbe usata nel modo sbagliato, cioè per arricchirsi e acquisire potere».

Valerio si sentiva confuso a causa della grande mole di informazioni ricevute, ma allo stesso tempo era curioso di saperne di più. Si sorprese quando il padre disse: «Quando sarai pronto, prenderai il mio posto di Gran Maestro della Confraternita degli Alberi. Non avrei mai voluto far convivere anche te con la costante angoscia di essere ucciso dagli uomini del Fuoco Greco, ma sei mio figlio e in quanto tale dovrai affiancare tua madre nella guida della Confraternita. Secondo la profezia un giorno nascerà una bambina con il potere di connettersi con le piante senza ricorrere all'uso del medaglione, del quale ora si vogliono impossessare i nostri nemici per...».

In quel momento un proiettile scheggiò la corteccia dell'albero mancando di poco la testa di Azoth, il quale reagì immediatamente accucciandosi e riponendo il medaglione all'interno dello scrigno che consegnò al figlio dicendo: «Ci hanno trovati! Non so come abbiano fatto. Vai verso nord, passa vicino al ruscello e torna a casa. Mi farò vivo io, di' solo a tua madre questa frase: "La pietra nascosta, scintilla alla luce del sole". Hai capito?».

«Sì...» rispose Valerio con tono confuso e l'espressione della paura stampata in volto.

«Ripeti la frase!»

«La pietra nascosta, scintilla alla luce del sole!»

Un secondo proiettile mancò di poco Azoth che prima di dirigersi verso sud, strinse forte a sé il figlio.

Valerio con la coda dell'occhio vide avvicinarsi alcuni uomini vestiti di nero con il simbolo di un braciere dalla fiamma viola cucito sui gilet tattici. Imbracciavano tutti dei fucili di precisione e incutevano timore. Si nascose sotto la grande radice di un albero caduto e attese diverse ore finché, all'imbrunire, uscì fuori e si diresse verso la sua casa di campagna.

In quello stesso momento, in un tunnel in disuso della metropolitana di Roma, un uomo dal fisico longilineo stava appendendo le foto di Valerio, Azoth e Livia su una parete incrostata dall'umidità. Era fisicamente identico all'uomo che sul campo di battaglia di Alesia, dove si erano fronteggiati i romani e i galli, aveva chiesto al legionario Valentinus dove avesse nascosto il medaglione.

5

Durante la costruzione della metropolitana di Roma, sono stati rinvenuti migliaia di reperti archeologici all'interno di antiche gallerie scavate nel corso dei secoli da chi provava a salvarsi dalle persecuzioni, ma anche da chi voleva garantirsi una via di fuga in caso di necessità.

In tempi più recenti, in questo fitto reticolo sotterraneo si spostavano da una parte all'altra della città gli uomini del Fuoco Greco che ampliando le gallerie già esistenti e scavandone di nuove, erano riusciti a creare una fitta rete viaria per raggiungere ogni posto senza essere notati.

In un tunnel della metropolitana ormai in disuso, riposava un vecchio vagone coperto dalle incrostazioni dovute all'umidità al cui interno si trovava un uomo di nome Phalaris le Fay, capo indiscusso dell'organizzazione del Fuoco Greco. Era una persona dalla grande cultura, soprannominato "Iuvenis" che in latino significa "giovane" proprio perché sembrava non invecchiare mai. Aveva i lineamenti talmente aggraziati e una voce dal timbro così delicato, da rendere difficile, per chi lo incontrava, capire se fosse un uomo o una donna. I muscoli non erano tozzi ma allungati come quelli delle statue greche, i capelli lunghi biondi sembravano di seta e i profondi occhi neri gli conferivano un aspetto misterioso. Aveva la carnagione chiara per via del fatto che spendeva buona parte del tempo all'interno del vagone della metropolitana per coordinare, tramite un ingegnoso sistema di ripetitori sotterranei, l'azione degli uomini del Fuoco Greco il cui scopo era quello di eliminare i dignitari della Confraternita degli Alberi per impossessarsi del medaglione e usarlo per compiere quella che avevano definito la "missione primaria".

Phalaris era in attesa di ricevere un aggiornamento dai suoi uomini per sapere se fossero riusciti a uccidere Valerio e Azoth nel bosco. Per ingannare il tempo stava osservando una mappa sulla quale erano incollate le foto dei dignitari della Confraternita degli Alberi; alcune di esse erano marcate da un segno rosso trasversale per indicare l'avvenuta eliminazione della persona ritratta.

I suoi uomini gli comunicarono via radio di non essere riusciti a recuperare il medaglione, tantomeno a uccidere Azoth e suo figlio. Nel ricevere quella notizia Phalaris non batté ciglio e provò a reprimere la rabbia per evitare che potesse far vacillare la sua incrollabile determinazione. Con indosso solo una tunica bianca stretta in vita da un cordoncino dorato, si avviò verso una galleria dove cominciò a correre. Quando riceveva cattive notizie, per sfogarsi, si lanciava a tutta velocità all'interno dei cunicoli sotterranei dove superava vari ostacoli costituiti da tubi arrugginiti, condutture d'acqua e vecchi macchinari. Se trovava un'impalcatura provava a scalarla senza farsi intimorire dallo scricchiolio del ferro o dai bulloni che di tanto in tanto cadevano, rendendo il suo equilibrio ancora più precario di quanto già non fosse. Proprio mentre era aggrappato a un tubo dell'impalcatura, scivolò nel vuoto atterrando di schiena su un mucchio di reti arancioni dal quale si alzò una densa nuvola di polvere.

«Ancora una volta ho beffato la morte» mormorò. Anziché rialzarsi decise di rimanere a pensare a un episodio accaduto molti anni prima.

Fin da quando era bambino viveva a Roma in una casa situata in via del Mascherino. Un giorno andò nello studio del padre, un luogo pieno di opere d'arte e oggetti antichi, dove si mise a osservare una statua di marmo raffigurante un uomo con i palmi delle mani rivolti verso l'alto sui quali era rappresentata una fiamma. Il piedistallo della statua recava inciso il nome "Callinicus".

Non riusciva a capire come mai una statua del genere si trovasse in quello studio anziché nel giardino della casa di campagna della sua famiglia. Spinto dall'irrefrenabile desiderio, comune a tutti i bambini, di toccare ogni cosa per prendere confidenza con il mondo, spinse la testa della statua facendo scattare un meccanismo che aprì un'anta della libreria dietro cui era nascosta una scala a chiocciola. Cominciò la discesa fino a giungere in un corridoio appena illuminato e pieno di quadri che ritraevano il padre con indosso abiti di varie epoche, dalle più antiche alle più recenti.

«Non è possibile» sussurrò, aggiungendo: «Mio padre è immortale? Dai ritratti sembra che abbia vissuto ogni epoca della storia dell'umanità».

Si avvicinò a un quadro dove era raffigurato il padre mentre ai tempi delle crociate stava cercando di raggiungere con una scala la sommità delle mura di Gerusalemme, invece in un altro ritratto si trovava a colloquio con Dante Alighieri. Nelle restanti opere veniva rappresentato con abiti sempre più moderni posando accanto a illustri personaggi come Antonio Meucci, Guglielmo Marconi, Winston Churchill, Enrico Fermi e altri.

Una voce rimbombò nel corridoio. «Non sei autorizzato a stare qui.»

Il bambino riconobbe l'inconfondibile timbro del padre che impugnando un candelabro se ne stava in piedi poco più in là. I suoi occhi neri sembravano inghiottire la tenue luce delle candele mentre i capelli biondi, al contrario, parevano rifletterla creando intorno alla testa come un'aura.

«Papà siamo immortali?» chiese ingenuamente Phalaris.

«Per ora posso solo dirti che siamo geneticamente diversi dagli altri. Un giorno prenderai il mio posto alla guida del Fuoco Greco e ti spiegherò tutto, ma ora devi pazientare.»

Appena ebbe finito di pronunciare questa frase, prese per mano il figlio e risalì la scala a chiocciola.

Il padre era anaffettivo, sembrava più un tutore, uno che stava accanto a Phalaris per insegnargli la storia, la geografia, la matematica, ma non per giocare. Al massimo lo aveva portato a visitare una necropoli etrusca, oppure un monumento risalente all'epoca romana. Per ragioni sconosciute al bambino, tutti gli avi maschi dalla parte del padre avevano il nome di Phalaris: un fitto mistero avvolgeva la famiglia.

Sua madre si chiamava Aradia e proprio come il marito non sembrava dare molto affetto al piccolo. Gli si rivolgeva sempre in modo freddo, distaccato e con un tono di voce monocorde. Era una donna dai lineamenti spigolosi, con tenebrosi occhi neri e capelli biondi. Al figlio non era concesso di andare a giocare con gli altri bambini e le uniche attività che poteva svolgere erano quelle legate allo studio e alla cultura. Poteva leggere, approfondire argomenti di storia e letteratura, ma non certo interagire con i suoi coetanei perché i genitori badavano alla sua istruzione a casa e non gli permettevano di andare a scuola.

Ogni tanto il piccolo sbirciava fuori dalla finestra per guardare gli altri bambini mentre giocavano in strada, tuttavia non avvertiva molto la solitudine perché non conosceva la gioia di interagire con persone diverse dai suoi genitori e pochi altri, come il medico che di tanto in tanto lo andava a visitare o la vecchia governante.

Quando Phalaris compì ventidue anni, il padre lo portò in una villa di proprietà della famiglia ubicata in una frazione del comune di Cerveteri. Lì, alla presenza di persone bendate e con indosso abiti neri su cui era cucito il simbolo di un braciere dalla fiamma viola sostenuto da due grifoni e sormontato da un pavone, si svolse la solenne cerimonia di investitura per consentire al ragazzo di diventare il nuovo capo del Fuoco Greco. Ogni fase di quell'evento venne trascritta in un libro che, insieme a tanti altri volumi riguardanti gli antenati di Phalaris, sarebbe stato conservato nella biblioteca della casa di campagna della famiglia.

I segni del tempo non erano comparsi sul viso del padre di Phalaris mentre su quello della madre sembravano aver lasciato pesanti tracce. Il padre continuava a non avere rughe nemmeno intorno agli occhi, inoltre i suoi lineamenti erano ancora aggraziati e il figlio sembrava il suo gemello. Aveva il medesimo timbro di voce, lo stesso colore degli occhi, quello dei capelli, così come la stessa statura.

Phalaris si trovava ancora nel sottosuolo di Roma e stava ripensando a tutto ciò. Era trascorso un bel po' di tempo da quando era caduto dall'impalcatura e in quel momento stava fissando la sua immagine riflessa dal frammento di uno specchio rotto. Sussurrò: «Purtroppo non siamo riusciti a recuperare il medaglione, tantomeno a uccidere Valerio e i suoi genitori. Non fa nulla perché ho molto tempo a disposizione. Come dice mio padre: l'immortalità è un privilegio raro».

6

Dopo essere fuggito dal bosco, Valerio aveva raggiunto la casa di campagna e stava mostrando alla madre lo scrigno contenente il medaglione.

«Figlio mio! Che ti è successo? Dov'è tuo padre?»

«Ci trovavamo nel bosco per dissotterrare questo scrigno. Siamo stati attaccati e abbiamo preso direzioni diverse.»

«Salta tutti i dettagli e dimmi: come sta tuo padre? Ti ha lasciato un messaggio per me?»

«Non lo so, spero sia riuscito a fuggire, comunque mi ha detto di riferirti una frase.»

Il ragazzo si portò una mano alla fronte mostrando di doverci pensare un momento, poi disse: «La pietra nascosta, scintilla alla luce del sole».

Livia esclamò: «Non c'è tempo da perdere! Ci saranno addosso tra pochi minuti!».

Tolse dalle mani del figlio lo scrigno per riporlo dentro a una borsa, subito dopo gli disse di seguirla in garage dove con un'automobile sportiva si allontanarono a tutta velocità.

Il ragazzo si sentiva confuso, ultimamente erano accadute talmente tante cose inusuali che non riusciva a comprendere dove finisse la realtà e dove cominciasse la fantasia. Gli sembrava di vivere la trama di un film. Fino a quel momento la sua vita era stata come quella di tanti altri ragazzi, senza nessun colpo di scena, inoltre, a parte gli incontri del padre con persone abbigliate in modo strano, non lo aveva mai visto fare qualcosa di insolito e non avrebbe mai potuto neanche lontanamente sospettare che egli fosse il custode di un oggetto così potente come il medaglione. Valerio ammirava la madre per la sua grande cultura, ma allo stesso tempo la riteneva un po' impacciata e non certo una persona d'azione. Ora invece stava lì a osservarla mentre con estrema sicurezza guidava la macchina mostrando di sapere esattamente cosa fare in quella situazione di pericolo.

"Come mai la mia famiglia custodisce il medaglione?" si chiese Valerio e poi ancora: "Papà ha detto che serve per trovare la medicina universale. Cos'è esattamente?".

Le risposte alle sue domande sarebbero presto arrivate e lo avrebbero condotto a imbarcarsi in un'avventura senza precedenti.

Madre e figlio si diressero verso un paese della Toscana chiamato Montemurlo. Dopo qualche ora giunsero di fronte a un maestoso cancello di ferro da cui si intravedeva un viale fiancheggiato da ulivi e siepi di bosso che terminava di fronte a una fontana circolare. Dietro di essa si stagliava una villa su tre livelli con una scala a doppia rampa che conduceva a un ingresso costituito da tre arcate con lesene ioniche. Dava l'impressione di essere una costruzione molto antica e dallo stile raffinato. Valerio pensò a quanto sarebbe stato bello tornare indietro nel tempo per vedere le carrozze percorrere quello stesso viale e fermarsi di fronte all'edificio principale per far scendere persone con indosso abiti eleganti.

«Tuo padre ti ha parlato del medaglione?» Chiese la madre mentre con la mano faceva un cenno alla telecamera per farsi aprire il cancello.

«Sì, mi ha raccontato della Confraternita degli Alberi e di una specie di medicina universale. Ha aggiunto anche qualcosa in merito a una profezia e a una bambina che nascerà con il potere di connettersi con le piante senza ricorrere all'uso del medaglione. Mi sento confuso e sono preoccupato per lui.»

«Se la caverà, non temere. Un giorno tutto avrà un senso, cerca di avere pazienza.»

Vennero accolti da un uomo con i capelli brizzolati e il forte accento inglese che li condusse in un salone a doppio volume con affreschi settecenteschi, in cui un tempo si svolgevano le feste da ballo. Ad attenderli c'era una donna con un'elegante vestaglia rossa, ornata da bottoni dorati. Il volto era caratterizzato da grandi occhi azzurri, un naso all'insù e guance sottili. I folti capelli rossi erano ben pettinati e tenuti insieme da una spilla d'argento. Quando vide entrare Valerio e Livia distolse per un momento lo sguardo da un antico libro dal titolo *Metamorfosi*, per tornare a leggerlo subito dopo. Non sembrava per nulla sorpresa di vedere i due ospiti, anzi, si prese ancora qualche secondo per terminare il paragrafo poi esclamò: «Questo libro mi sorprende sempre, eppure lo conosco talmente bene da poterlo recitare a memoria! Si tratta dell'opera magistrale del poeta romano Ovidio. Tra le tante storie mitologiche, egli ci racconta quella della Sibilla Cumana che ricevette in dono da Apollo tanti anni di vita quanti i granelli di sabbia che poteva stringere in una mano».

Se prima Valerio si sentiva confuso, ora lo era ancora di più. In un primo momento non riconobbe la donna, ma guardandola meglio riuscì a capire chi fosse ed esclamò: «Amaltea!».

Si trattava della governante con la quale era cresciuto e che non vedeva da molto tempo. Tutto poteva immaginare tranne di trovarsela di fronte. Inoltre era piuttosto strano per il ragazzo vederla indossare abiti diversi da quelli da lavoro.

Valerio non aveva notizie del padre e questo lo agitava. La madre non gli aveva ancora spiegato il perché si trovassero in quel posto e come mai l'ex governante stava lì a commentare un libro. Non resistette all'impulso di andare ad abbracciare Amaltea. Sapeva di doversi mostrare forte, ma la vista della governante gli aveva innescato così tanti ricordi da far vacillare la sua determinazione, soprattutto ora che era più vulnerabile e preoccupato per il padre.

Quando si fu sfogato, disse: «Non pensavo di trovarti qui! Mi sembra tutto così strano. I miei genitori pare facciano parte di un ordine segreto di cui mia madre è il Capo Supremo, in più tu sei qui a commentare un'opera di Ovidio!».

Livia si dimostrò comprensiva nei confronti del figlio e lo abbracciò per rassicurarlo.

Amaltea rispose: «Capisco come ti possa sentire Piccolo Lord e anche io sarei confusa se fossi al posto tuo. Come ben sai facevo la governante a casa dei tuoi genitori, poi mi hanno dato fiducia e sono diventata la sacerdotessa della Confraternita degli Alberi di cui Azoth è il Gran Maestro e Livia il Capo Supremo. Secondo un'antica leggenda una divinità femminile scese sulla terra e diede incarico a una donna, ritenuta la fonte della vita e l'incarnazione di Madre Natura, di guidare la Confraternita. In poche parole tuo padre è il braccio operativo della nostra organizzazione, mentre in realtà è tua madre che ne è alla guida. Le nostre rigide regole vietano a un uomo di ricoprire il ruolo di Capo Supremo».

Con un cenno della mano indicò una porta a doppia anta dietro alla quale si udiva un crescente rumore di passi: Azoth entrò nel salone.

Valerio gli corse incontro abbracciandolo forte, poi a loro si unì anche Livia.

Nel vedere quella scena, Amaltea non si scompose e con la sua calma serafica tornò a leggere il libro per dare alla famiglia il tempo di parlare.

Dopo un po' li invitò a sedersi su tre lussuose poltrone con finiture dorate in Stile Luigi XVI, dicendo a Valerio: «Tuo padre ti avrà già detto molto sulla Confraternita degli

Alberi e ti starai chiedendo a cosa serve esattamente il medaglione e soprattutto perché la nostra organizzazione lo protegge da secoli. Ebbene, arriviamo subito al punto: esso è la chiave per trovare la medicina universale. Se finisse nelle mani sbagliate, il mondo sarebbe in grave pericolo».

«Sì, mio padre ha fatto cenno a una cosa di questo tipo. Stiamo parlando di una specie di medicina per curare tutte le malattie?» chiese Valerio socchiudendo leggermente le palpebre, mostrandosi interessato all'argomento.

«Esattamente» rispose la donna mentre suonava un campanello. Il maggiordomo entrò nella stanza e aprì una tenda che celava un frammento di un muro antico conservato sotto a una lastra di vetro.

«Mio Piccolo Lord, hai di fronte una parte del muro rinvenuto all'interno di una tomba egizia, scrupolosamente rimosso e rimontato qui. Su di esso è raffigurato un oggetto caduto dal cielo da cui fuoriesce una sostanza densa. Come puoi vedere, nelle sue vicinanze c'è un uomo appartenente alla classe dei sacerdoti chiamata Kher-heb vestito con la tipica fascia bianca incrociata sul torace, che si inginocchia per pregare.»

«La medicina è stata trasportata sulla terra da un meteorite?»

«È probabile, oppure la sua ricetta segreta potrebbe essere stata scoperta da qualcuno nell'antichità. La sua storia è avvolta dal mistero, ad ogni modo gli antichi se ne sono serviti per prolungare la vita di alcune persone illustri che grazie ad essa non hanno contratto alcuna malattia e sono morte, piuttosto, a causa di incidenti o per l'età avanzata.

Sembra abbia consentito loro di vivere anche duecento anni. Alcuni hanno inscenato il proprio funerale per non destare sospetti e poter condurre una vita lontana da sguardi indiscreti. Perfino Gaio Giulio Cesare sembra ne fosse entrato in possesso e alcuni sostengono che il suo omicidio sia stato solo una messa in scena. In realtà si sarebbe ritirato in una villa per morire molti anni più tardi. Quando diventava troppo pericoloso portare avanti un incarico, soprattutto se afferente alla politica, le persone influenti inscenavano la loro morte per ritirarsi in pace. Nell'arco della storia è accaduto molte volte.»

«Non capisco. Come mai nessuno ha pensato di distribuire la medicina all'intera umanità? Se ciò avvenisse ogni malattia sarebbe debellata e le persone vivrebbero più a lungo.»

Amaltea sorrise e fece un cenno d'assenso con la testa. «Il tuo slancio altruistico è lodevole, ma denota una certa inesperienza. Il mondo si basa su leggi certe come quella della forza di gravità, ma quando si ha a che fare con la psicologia delle persone ogni calcolo matematico viene stravolto perdendo di logica. I nostri predecessori si domandarono se fosse giusto o meno diffondere la medicina universale e conclusero che l'umanità non era ancora pronta, così come non lo è ora. Individui senza scrupoli la farebbero diventare oggetto di speculazione economica cercando di venderla al miglior offerente.»

«Cosa accadrebbe se venisse distribuita gratuitamente?» chiese Valerio con lo slancio tipico dei giovani che con spontaneità e una punta di ingenuità, tentano di trovare una soluzione ai problemi.

«La Confraternita degli Alberi ha vagliato anche questa ipotesi, ma l'ha scartata. Proviamo a immaginare quali ripercussioni potrebbe avere la distribuzione della medicina. Prima di tutto la maggior parte delle persone al governo dei vari Paesi sono uomini. Qui in Italia, così come anche in altre Nazioni non è mai stato eletto un Presidente donna. Ti rendi conto? Quindi se i politici attuali assumessero la medicina rimarrebbero in carica per secoli e ciò, capirai, non è una cosa buona perché grazie al rinnovo generazionale e soprattutto all'aumento di ruoli di responsabilità ricoperti dalle donne, qualsiasi sistema può migliorare e progredire. In secondo luogo, il numero delle persone sulla Terra aumenterebbe esponenzialmente causando squilibri ambientali inimmaginabili. Già la produzione dei beni di consumo sta impoverendo le risorse del nostro pianeta inquinandolo irrimediabilmente, figuriamoci cosa accadrebbe se venisse raddoppiata o triplicata: per gli esseri umani non ci sarebbe scampo così come per gli alberi che abbiamo il dovere di proteggere. Essi sono i depositari della storia dell'umanità.»

Livia lanciò alla sacerdotessa uno sguardo d'approvazione e disse: «Teniamo al sicuro il medaglione per evitare che possa essere usato per trovare la medicina universale. La morte è necessaria così come la vita e serve a mantenere l'equilibrio in questo mondo. Da secoli le nostre scelte sono state guidate dal desiderio di seguire un principio naturale. Far vivere miliardi di persone più a lungo, solo apparentemente può essere ritenuta una buona soluzione ma in realtà, se ci sforziamo di guardare avanti, non lo è affatto. In futuro saprai tutto e ti mostreremo anche il cristallo che con tuo padre abbiamo rinvenuto in Antartide». Dopo aver espresso queste considerazioni, Livia aggiunse: «Passando ad altro: non riesco a spiegarmi come abbiano fatto gli emissari del Fuoco Greco a trovarvi nel bosco. Tra le fila della Confraternita deve esserci una spia, non c'è altra spiegazione. Con ogni probabilità i nostri avversari saranno entrati nella casa di Roma per impossessarsi dell'antico libro».

«Quale libro?» chiese Valerio, incuriosito.

«Si tratta di un volume contenente alcune, diciamo così, storie. Sebbene a prima vista possano sembrare solo leggende, in realtà forniscono importanti notizie sulla medicina universale e rivelano tutti gli spostamenti del medaglione nel corso dei secoli. Buon per noi che il libro non è aggiornato e non dà alcuna indicazione per trovare quel prezioso oggetto. Anche se ormai la sua ultima ubicazione è nota ai nostri nemici che hanno sorpreso te e tuo padre nel bosco.»

Quel discorso non aveva affatto convinto Valerio. Se fosse stato per lui avrebbe immediatamente diffuso la medicina universale per sconfiggere una volta per tutte le malattie. Era sicuro che ciò non avrebbe fatto correre alla sua famiglia alcun pericolo; ad ogni modo non insistette su questo punto, piuttosto volle saperne di più sull'organizzazione del Fuoco Greco.

La madre avrebbe presto soddisfatto la curiosità del figlio condividendo con lui alcuni segreti che gli avrebbero cambiato la vita per sempre.

7

Phalaris le Fay era tornato nel vagone coperto dalle incrostazioni e si stava accingendo a leggere un antico volume.

Di recente i suoi uomini avevano fatto irruzione all'interno della casa di Roma di Azoth e servendosi di sofisticati strumenti elettronici, erano riusciti a scoprire un passaggio segreto che conduceva in una stanza dove era custodito quell'antico libro. Non si sapeva chi l'avesse scritto, tuttavia narrava alcuni fatti accaduti nel corso dei secoli riguardanti il medaglione e la medicina universale.

Phalaris ricevette una comunicazione via radio.

«Signore» disse una voce gracchiante «la nostra spia ci ha indicato il luogo in cui si trovano Azoth con la moglie e il figlio. Ci stiamo dirigendo a Montemurlo, in Toscana.»

«Bene, prendete il medaglione e se non lo dovessero avere con loro, torturateli per scoprire dove lo hanno nascosto. Tenetemi aggiornato.»

«Ricevuto! Passo e chiudo.»

Afferrò il libro dalla copertina logora con incisa l'immagine di un bastone con un serpente attorcigliato. Si intitolava *Sic mundus hic est* che tradotto significa "Così è stato creato il mondo". Lesse il titolo del primo capitolo: «Sulle tracce della medicina universale – miti e leggende».

Cominciò a leggere alcuni episodi tratti dall'*Epopea di Gilgames*, scritta prima della nascita di Cristo e diffusasi in Mesopotamia, in cui erano narrate storie simili a quelle della *Genesi* che avevano come protagonista il serpente o fatti noti come il diluvio universale. In esse era anche descritta una certa sostanza in grado di donare l'immortalità. Passò a esaminare le vicende del primo imperatore della Cina Qin Shi Huang che avrebbe fatto ricorso alle scienze occulte per impossessarsi sia del medaglione sia della medicina universale. Visse a lungo, poi morì per cause naturali e venne sepolto a est del monte Lishan con l'imponente esercito di terracotta che, secondo la leggenda, doveva vegliare su di lui, sul medaglione e sulla medicina.

Le altre narrazioni riguardavano episodi avvenuti in epoche diverse e fornivano dettagli in merito agli spostamenti del medaglione che era stato perfino conservato in una piramide in Egitto e all'interno di una tomba Atzeca, dove i conquistadores spagnoli erano giunti facendosi largo tra le foreste del Sud America con l'obiettivo di trovare la cosiddetta fonte dell'eterna giovinezza. Si parlava anche del medico alchimista svizzero Paracelso che nel 1500, servendosi del medaglione, sarebbe venuto in possesso di una sostanza miracolosa chiamata *aurum potabile* in grado di curare ogni malattia.

La narrazione dei fatti non seguiva un ordine cronologico preciso, piuttosto sembrava più quella di un diario tramandato di generazione in generazione e aggiornato da persone diverse. Alla fine del testo vi erano alcune pagine scritte a mano da Azoth che narrava le vicende della Confraternita degli Alberi, descrivendo i vari posti dove il medaglione era stato custodito in gran segreto. Una sezione del testo era sia dedicata al culto di Madre Natura, rappresentata da una donna splendida con rami intrecciati tra i capelli e un vestito fatto di foglie, sia a un misterioso personaggio femminile chiamato Arboram.

La lettura di Phalaris fu interrotta da un suono prolungato. Accese uno schermo per mettersi in collegamento con il padre che era seduto su una sedia a rotelle nello studio della sua abitazione. Nonostante fosse molto in là con l'età continuava a essere identico al figlio. Non aveva nemmeno una ruga, i capelli erano ancora di un biondo vivo e perfino il tono della voce sembrava quello di un giovane.

«Stiamo per mettere le mani sul medaglione?»

«Sì, padre, sarà presto nostro. Finalmente potremo collegarlo agli alberi per seguire tutti gli spostamenti fatti nei secoli dalla medicina universale e capire dov'è nascosta!»

«Bene. Ricordati sempre il motivo per il quale stiamo facendo tutto questo.»

«Non posso togliermelo dalla mente, ci penso ogni giorno. Quando avremo completato il nostro progetto, il Fuoco Greco dominerà il mondo.»

Il padre annuì e staccò il collegamento lasciando il figlio con i suoi pensieri. In quel momento entrò nel vagone un bambino con i lineamenti identici a quelli di Phalaris. Sembrava un suo clone con l'unica differenza che era più piccolo. Aveva la stessa carnagione, i medesimi lineamenti così come il colore degli occhi e dei capelli, inoltre si chiamava anche lui Phalaris, esattamente come il padre, come il nonno e tutti i suoi predecessori.

«Papà, da un tombino ho spiato i bambini della mia età mentre andavano a scuola.»

«Bene. Cosa hai pensato?»

«Ho provato il desiderio di andare con loro, giusto per parlare un po', poi mi sono ricordato delle tue parole e ho preferito tornare qui. Anche se non ho ben capito una cosa. Come mai dobbiamo rimanere in questa galleria?»

«Nonostante la tua giovane età, sei un bambino saggio. Io sono stato educato a casa proprio come te. A noi non è concesso socializzare con gli altri perché ciò potrebbe distrarci dalla missione primaria. Quel che accade a te è accaduto a tutti i nostri predecessori. Ora risponderò alla tua domanda. Vedi, il sottosuolo della città è pieno di gallerie scavate dagli antichi durante periodi di forti contrasti sociali. I nostri uomini le hanno ampliate e modificate in maniera da creare un reticolo di percorsi sotterranei che ci consentono di raggiungere rapidamente qualsiasi luogo senza essere visti. Non c'è altro modo di coordinare le operazioni di recupero del medaglione se non quello di farlo da qui.»

«Mi manca la mamma.»

«Lei sta svolgendo un compito molto importante, ma un giorno la rivedremo. Ora vai a leggere il libro di famiglia. Un domani dovrai prendere il mio posto a capo del Fuoco Greco e devi avere una mente salda.»

Il bambino prese un libro da un polveroso scaffale, cominciando a leggerlo a voce alta: «La nostra famiglia è la più antica del mondo e il segreto della sua longevità è nascosto nel DNA. Sin dalla notte dei tempi le alte divinità ci hanno affidato la missione di prevalere sulla razza umana, ma per realizzare tutto ciò dobbiamo entrare in possesso della medicina universale».

Il bambino si interruppe per dire: «Papà lo conosco a memoria questo libro, posso fermarmi qui?».

Il padre si limitò a guardarlo in modo severo e il piccolo si mise nuovamente a leggere: «Anticamente la nostra organizzazione si chiamava solamente "Fuoco" per simboleggiare il suo scopo purificatore, ma nel corso del tempo fu denominata "Fuoco Greco" per meglio indicare qualcosa che è impossibile da estinguere. Il fuoco greco, inizialmente chiamato "fuoco marino" o "fuoco romano" era una particolare miscela usata dai bizantini contro i nemici che, se incendiata, non poteva essere spenta, anzi, se qualcuno vi avesse gettato sopra dell'acqua ne avrebbe perfino ravvivato la forza. Era talmente potente da consentire all'imperatore bizantino Romano I Lecapeno di affondare con solo quindici navi più di cento imbarcazioni e di liberare Costantinopoli nel 941. La formula per produrre il fuoco greco era segreta e la sua divulgazione sarebbe stata punita con la morte. Esso veniva conservato all'interno di anfore e vasi di terracotta per poi essere lanciato con le catapulte. Lo si poteva anche immagazzinare nella pancia delle navi da cui veniva prelevato tramite tubi speciali e, una volta incendiato, indirizzato sulle imbarcazioni nemiche tramite un ingegnoso meccanismo ad aria».

Il padre lo interruppe dicendo: «La nostra organizzazione prende il nome da qualcosa di inestinguibile, temibile e segreto. Il fuoco ha un potere purificatore e noi, come fossimo le sue vampe, abbiamo il compito di purificare la Terra. Il fuoco è per sua natura forte come lo sono i maschi e non le femmine, per questo la nostra organizzazione è composta per lo più da uomini. Le donne nel tempo hanno acquisito sempre più indipendenza, ma questo non va bene perché solo gli uomini sanno come gestire la società».

«Tutto chiaro. Papà, ma qual è esattamente il tuo lavoro? Non ho mai capito di cosa ti occupi.»

«Sono a capo di varie società, per la maggior parte si tratta di aziende farmaceutiche. L'arte della medicina sin da tempi antichissimi ha portato grandi guadagni alla nostra organizzazione. Al mondo le persone hanno tanti desideri, varie aspirazioni, ambizioni, ma su una cosa sembrano tutte concordare: vogliono vivere. Io vendo loro i farmaci e poco importa se funzionano o meno.»

«La medicina moderna salva la vita alle persone, gli consente di vivere più a lungo, giusto papà?»

«Sì, è così. Al momento opportuno ti spiegherò meglio qual è la nostra missione, per ora ti basti sapere che controlliamo le maggiori società produttrici di farmaci del mondo e non appena metteremo le mani sulla medicina universale, i nostri profitti aumenteranno esponenzialmente. La venderemo a chi è disposto a pagarla milioni pur di avere la possibilità di vivere più a lungo. La classe media, invece, deve continuare ad ammalarsi perché solo così potremo proseguire a vendere i nostri farmaci. La Confraternita degli Alberi ha sempre custodito la medicina, ma al momento giusto potrebbe decidere di distribuirla gratuitamente alle persone e questo chiaramente non possiamo permetterlo perché se ciò avvenisse perderemo molti soldi, l'influenza politica e il potere.»

8

Nella villa di Montemurlo Valerio stava ascoltando la madre mentre raccontava la storia dell'organizzazione del Fuoco Greco comandata da Phalaris, un uomo misterioso, ritenuto da molti in possesso del dono dell'immortalità. Nessuno della Confraternita degli Alberi sapeva se avesse un discendente o degli avi, tuttavia secondo una leggenda a cui molti credevano, egli si trovava ad Alesia all'epoca di Gaio Giulio Cesare così come secoli più tardi a Gerusalemme durante la prima crociata, inoltre sembrava che avesse preso parte sia ai moti risorgimentali italiani sia ai due conflitti mondiali.

Valerio allora chiese alla madre se credesse a quella leggenda e lei rispose di no. L'immortalità secondo il suo punto di vista non esisteva e nemmeno la medicina universale sarebbe stata in grado di donarla a qualcuno, ad ogni modo non riusciva a spiegarsi come mai Phalaris fosse rappresentato in vari affreschi e quadri originali realizzati da artisti vissuti in epoche differenti.

Livia proseguì con il racconto dicendo che l'obiettivo del Fuoco Greco, sin dalla sua nascita, era sempre stato quello di impossessarsi del medaglione per arrivare alla medicina universale, tuttavia nessuno sapeva con certezza come Phalaris l'avrebbe utilizzata. Le uniche notizie al riguardo arrivavano da un uomo della Confraternita degli Alberi che dopo essere stato fatto prigioniero dagli emissari del Fuoco Greco, era riuscito a fuggire. Aveva riferito che Phalaris non voleva utilizzare su di sé la medicina, piuttosto l'avrebbe venduta a persone facoltose disposte a pagare milioni pur di prolungarsi la vita.

Livia aggiunse: «Tramite alcuni prestanome, Phalaris controlla la maggior parte delle aziende farmaceutiche mondiali e pare che le voglia utilizzare per ristabilire il cosiddetto "ordine naturale"».

Mentre stava finendo di parlare venne interrotta dal suono prolungato di un allarme.

«Sono gli uomini del Fuoco Greco!» esclamò Amaltea che affacciandosi alla finestra vide avvicinarsi alla villa varie macchine di grossa cilindrata. Con tono preoccupato, esclamò: «Dovete nascondervi nel granaio! Che la voce degli alberi vi accompagni! Virtus et Honor».

Livia consegnò al marito la borsa contenente lo scrigno con il medaglione, poi esortò Amaltea a seguirli per mettersi in salvo ma lei disse di voler rimanere lì per rallentare gli assalitori.

Valerio e i genitori uscirono dalla villa per andare nel granaio e quando poco dopo vi giunsero gli uomini del Fuoco Greco, non trovarono alcuna traccia della famiglia che aveva appena fatto in tempo a fuggire a piedi nella campagna circostante.

Amaltea venne portata via a bordo di un veicolo e sul suo volto era comparsa un'espressione triste.

9

Valerio con il padre e la madre riuscirono a raggiungere una panetteria che in realtà era un nascondiglio della Confraternita degli Alberi, dove rimasero per qualche settimana. Solo Azoth si assentava di tanto in tanto per svolgere importanti compiti legati alla Confraternita. Dopo qualche tempo, servendosi di tre passaporti falsi, la famiglia riuscì a lasciare il Paese per trasferirsi a Los Angeles. Il fatto di aver cambiato i dati anagrafici consentì loro di rimanere nell'anonimato per diversi anni, durante i quali continuarono a intrattenere fitti rapporti con gli appartenenti alla Confraternita degli Alberi, ma non con Amaltea di cui si era persa ogni traccia. Valerio e i suoi genitori l'avevano data per morta, rassegnandosi al dolore.

L'unico a conoscere dove fosse nascosto il medaglione era Azoth e nonostante il figlio lo avesse invitato più volte a rivelargli dove si trovasse, aveva sempre ricevuto risposte negative. In questo modo il padre cercava di tutelare sia

Valerio sia la moglie Livia. Nonostante si fidasse di entrambi temeva che se avesse detto loro dove era nascosto, qualcuno avrebbe potuto catturarli e sottoporli a tortura per farli parlare. Se fossero rimasti in Italia, tutto sarebbe andato come programmato e Valerio sarebbe diventato il Gran Maestro della Confraternita degli Alberi ma vista la lontananza dal Paese e il rischio costante di essere scoperti, Azoth decise di rimanere l'unica persona al mondo a conoscere il luogo in cui era nascosto il medaglione. Sapeva che se fosse morto all'improvviso, nessuno sarebbe stato più in grado di trovarlo e a quel punto la Confraternita degli Alberi avrebbe smesso di svolgere il suo ruolo di "custode".

La vita oltre oceano trascorreva in modo diverso rispetto a quando la famiglia si trovava in Italia perché Azoth non riceveva visite da nessuno, inoltre non beneficiava più delle rendite derivanti dai beni di famiglia, ormai lontani e difficili da gestire ed era stato costretto a trovarsi un impiego. Anche Livia si era rimboccata le maniche facendosi assumere come guida turistica presso un orto botanico.

Valerio non era diventato un'astronauta, così come sognava quando era piccolo, tantomeno un archeologo, piuttosto si era specializzato in ingegneria informatica e stava progettando di mettere a punto un macchinario eccezionale. Un giorno si trovava nel laboratorio dell'università per studiare il funzionamento di alcuni circuiti stampati, quando si domandò come facessero le piante a registrare i suoni.

"Il medaglione riesce a riprodurli perciò gli alberi hanno la capacità di immagazzinarli. Saranno certamente dotati di una specie di recettori, ma dove?" pensò mentre aggrottava le sopracciglia per concentrarsi.

Servendosi di un microscopio analizzò alcune foglie, le sezionò e lo stesso fece con i frammenti del tronco di varie specie d'alberi, scoprendo molte cose.

"Le persone sperimentano il mondo tramite i sensi e memorizzano le informazioni nel cervello. Le piante funzionano esattamente allo stesso modo, perciò sono in grado di captare quanto accade intorno a loro e di immagazzinarlo nel tronco" si disse. Cominciò a scrivere qualche appunto sul computer: "Ogni essere vivente dispone della memoria e se ne serve giornalmente per sopravvivere. È un meccanismo ancestrale che consente di tenersi lontano dai guai perché se non esistesse si commetterebbero sempre gli stessi errori e si correrebbero sempre gli stessi pericoli".

Decise di approfondire ulteriormente l'argomento, perciò tornò a casa e prese dalla libreria della madre alcuni testi di botanica che studiò per tutta la notte. In particolare la sua attenzione fu catturata dalle biografie dei giovani esploratori, come Louis Antoine de Bougainville, Guglielmo Gasparrini e Charles Darwin che tra il Settecento e l'Ottocento avevano compiuto molte spedizioni intorno al mondo per studiare e catalogare varie specie di piante. Passò poi ad approfondire il campo delle scoperte scientifiche sui vegetali avvenute in epoca recente, così come quello delle speculazioni "pseudoscientifiche" che attribuiscono alle piante proprietà comunicative eccezionali, quasi magiche.

Comprese come gli alberi sono a tutti gli effetti degli esseri simili alle persone perché riescono a comunicare tra di loro servendosi perfino, ma non solo, dei microrganismi della terra. Tramite le radici inviano intenzionalmente dei segnali nel terreno per attirare i nutrienti utili alla loro crescita, inoltre sono in grado di cooperare e comunicare con altri alberi tramite una rete sotterranea di collegamento di cui fanno parte i funghi simbionti.

«Non ci credo!» esclamò Valerio mostrandosi interessato a quanto stava scoprendo. Proseguì la lettura a bassa voce: «La simbiosi negli esseri umani si sostanzia nella necessità di avere bisogno dell'altro per sopravvivere, si tratta di uno scambio comune di vantaggi utili a preservare la vita. L'uomo è un animale sociale e gli alberi non sono poi tanto differenti perché avvertono quanto accade intorno a loro. Se ad esempio il fuoco li minaccia, le foglie cominciano a tremare per mandare dei messaggi di allerta alle piante vicine. Uno studio scientifico ha dimostrato come siano in grado di emettere una sostanza che ha lo stesso odore di quella prodotta dall'essere umano quando ha paura. Si tratta di un segnale d'allarme universale formato da un mix di molecole organiche volatili di cui le piante si servono per comunicare tra di loro e per respingere i parassiti».

Fino a quel momento Valerio aveva sottovalutato le capacità delle piante, considerandole come "cose" prive di qualsiasi capacità comunicativa.

"Ora tutto ha più senso. Gli antichi avevano meno distrazioni rispetto all'uomo moderno che invece si è allontanato dalla natura. Loro non solo la rispettavano, ma l'adoravano come fosse un'opera divina e sebbene non disponessero delle nostre conoscenze scientifiche, erano riusciti a capire che le piante possono provare paura e quindi sperimentare anche altre emozioni. Comunicano con un linguaggio proprio e immagazzinano i dati come fossero ricordi, esattamente come fanno gli esseri umani. Quando tagliamo una pianta non possiamo pensare che non soffra solo perché non ha la capacità di gridare. Tutto ciò era ben noto a chi ha fondato la Confraternita degli Alberi, ma come mai i miei genitori non me ne hanno mai parlato? Devo chiederglielo quanto prima."

Al mattino decise di condividere le sue scoperte con i genitori, rammaricandosi con loro del fatto che non gli avessero mai parlato in modo approfondito di quell'argomento.

«Come è potuto accadere?» chiese. Poi rivolgendosi al padre disse: «Un giorno dovrò prendere il tuo posto nella Confraternita degli Alberi. È un mio diritto, giusto? Allora perché non mi hai mai spiegato nulla sugli alberi e le loro capacità?».

«Con tua madre l'avremmo fatto a tempo debito. Al giorno d'oggi molti libri di testo trattano questo argomento e non capisco di cosa tu ci voglia accusare.»

«Oh, certo! Scusa tanto! Devo andare a leggere tutto ciò sui libri? Non ho forse una madre che, oltre a essere il Capo Supremo della Confraternita degli Alberi, ha passato una vita a studiare botanica? È un po' come se il miglior pilota di macchine al mondo anziché insegnare al figlio a guidare, gli consigliasse di documentarsi per proprio conto leggendo un manuale!»

Livia sospirò ed esortò Azoth a dire la verità. Egli con tono triste ammise di aver deliberatamente tenuto lontano il figlio dalla Confraternita degli Alberi. Valerio si sarebbe dovuto formare in Italia seguendo un rigido protocollo, ma a causa del loro trasferimento all'estero ciò non era stato possibile. «Purtroppo non so se potrai mai diventare il Gran Maestro della Confraternita. Mi dispiace dover interrompere una tradizione così antica, ma siamo lontani da casa e alcune cose come la solenne cerimonia del passaggio di consegne di fronte ai dignitari, sarebbero già dovute avvenire da tempo. Sto considerando l'ipotesi di rimanere in carica fino alla fine dei miei giorni e di rivelare solo in punto di morte dove è nascosto il medaglione.»

Valerio scosse la testa avvertendo una fitta al cuore. Non poteva credere di non poter proseguire la tradizione della sua famiglia, soprattutto ora che era venuto a conoscenza di come gli alberi non sono poi tanto diversi dagli esseri umani.

Livia tentò di cambiare argomento spiegando qualcosa in più sulle piante. Voleva in qualche modo fare un gesto affettuoso nei confronti del figlio per dimostrargli di tenere alla sua formazione.

«Gli alberi non solo comunicano per via aerea ma si servono anche di una rete sotterranea fatta di radici, microorganismi e funghi, il cui apparato vegetativo è detto "micelio" che estrae dal terreno l'acqua e le sostanze nutritive per trasferirle alla pianta ricevendo in cambio zuccheri prodotti con la fotosintesi. Se per esempio una pianta non riceve abbastanza luce solare, le sue "vicine" l'aiutano fornendole i necessari elementi nutritivi. In questo modo esse assumono senza alcun dubbio un comportamento sociale che si sostanzia nel soccorrere i loro simili e nel mettere in atto delle vere e proprie dinamiche comunicative.»

Fece una pausa per bere un bicchiere d'acqua e per consentire al figlio di avere il tempo di elaborare i concetti appena espressi, poi continuò: «La grande scoperta della Confraternita fu quella di capire che le piante secolari sono circondate da figli e nipoti a cui hanno dato la vita e trasmesso parte dei "ricordi" o per meglio dire parte delle informazioni immagazzinate nel corso della loro esistenza. Gli esseri umani trasferiscono ai figli alcune caratteristiche genetiche, comprese quelle relative ad alcuni aspetti della personalità e le piante, più o meno, si comportano allo stesso modo. Se per esempio un albero è stato danneggiato dal fuoco di un incendio avvenuto agli inizi del 1900, non solo riterrà questa informazione dentro di sé, ma la trasferirà alle piante a cui ha dato la vita».

Valerio era dotato di una spiccata intelligenza e trasse subito una conclusione arguta.

«Gli alberi sono in grado di trasmettere ai loro "figli" anche la voce delle persone, i suoni e i rumori immagazzinati nel loro fusto?»

Livia guardando il marito disse: «Te lo avevo detto, nostro figlio è pronto a prendere il tuo posto! Arriva da solo a comprendere le cose della Confraternita ancora prima di spiegargliele».

Azoth sbuffò mostrando di essere in disaccordo con la moglie, la quale rivolgendosi a Valerio disse: «È come dici tu. Anche se un albero muore, tramite il medaglione è possibile ascoltare la sua voce da un altro albero a cui ha dato la vita».

Valerio sentì crescere un forte risentimento verso il padre e chiese: «Allora qual è il senso della Confraternita? Perché non utilizzate il medaglione per trovare la medicina universale e distribuirla a tutti?».

Azoth rispose: «Mi pare di avertelo già spiegato. Da migliaia di anni il nostro ruolo è solo quello di custodire il medaglione per evitare che qualcuno arrivi a trovare la medicina universale. Portiamo avanti questo compito con dedizione e se fossimo stati in Italia lo avresti capito anche tu, perché dal Gran Consiglio avresti ricevuto il dono della conoscenza e della saggezza. Ponendomi questa domanda hai dimostrato di non essere pronto a prendere il mio posto!».

In preda alla rabbia Valerio uscì dalla stanza sbattendo la porta. Vedersi negata la possibilità di continuare la tradizione di famiglia lo faceva arrabbiare. Aveva sempre visto il padre come un esempio, ma ora provava un forte risentimento nei suoi confronti. Si ripromise di trovare il medaglione, di utilizzarlo per scovare la medicina universale e di distribuirla al mondo intero.

10

Passarono diversi anni da quando Phalaris cadde dall'impalcatura del cantiere abbandonato nel sottosuolo di Roma. Il figlio emulava il padre esercitandosi a saltare da un vagone all'altro della metropolitana lanciando coltelli su bersagli di paglia. Un giorno balzò da un'impalcatura cercando di afferrare al volo un cavo di gomma, ma mancò la presa e precipitò nel vuoto. Atterrò di schiena e morì sul colpo. Quando il padre fu informato dell'accaduto, si limitò a fare una smorfia e un sospiro profondo.

Se invece la madre del ragazzo fosse venuta a sapere di questa tragedia si sarebbe disperata, ma purtroppo per lei era morta qualche tempo prima in circostanze misteriose. Non era chiaro se fosse stata avvelenata o se avesse assunto deliberatamente una dose di veleno. Anche in quell'occasione Phalaris non aveva versato nemmeno una lacrima, mostrando di avere un cuore duro come la pietra. L'idea di essere l'ultimo della sua stirpe arrivò ad assillarlo a tal punto, da fargli maturare la decisione di dover trovare in tempi brevi un'altra compagna per mettere al mondo un erede.

Qualche tempo dopo Phalaris si trovava nella hall di un lussuoso albergo della Capitale, quando si presentò a lui un uomo vestito di nero per avvertirlo che i dignitari del Fuoco Greco avevano preso posto nella sala conferenze.

Annuì, facendo un cenno con la mano. Sapeva di dover pronunciare un lungo discorso ai componenti della sua organizzazione perché il momento di impossessarsi del medaglione era vicino.

Si mise a pensare brevemente a quando, in occasione del passaggio di consegne avvenuta tra lui e il padre per avvicendarsi alla guida del Fuoco Greco, gli era stato rivelato un segreto. All'epoca non si era svolta alcuna solenne cerimonia, ma proprio come avveniva da generazioni, il genitore aveva pronunciato antichissime formule propiziatorie dopo aver condiviso con il suo successore alcuni segreti di famiglia, gli stessi che da secoli l'ammantavano di una certa aura di magia. In quella circostanza il giovane Phalaris aveva chiesto al padre: «Perché molte persone ci ritengono i custodi del segreto dell'immortalità? Come mai la tua immagine appare in vari dipinti realizzati in epoche differenti? Sembra come se tu le abbia vissute tutte».

Il padre aveva risposto alle sue domande soddisfacendo la curiosità del figlio.

Phalaris era ancora nella hall dell'albergo e stava pensando a tutto ciò, quando venne invitato nuovamente a raggiungere la sala conferenze. Si alzò lentamente aggiustandosi il bavero dell'elegante giacca nera di velluto con i bottoni in madreperla. Strinse il nodo alla cravatta, anch'essa nera, ornata con il logo del Fuoco Greco raffigurante un braciere dalla fiamma viola sostenuto da due grifoni e sormontato da un pavone. La fiamma simboleggiava la vitalità dell'organizzazione che proprio come il fuoco greco era difficile da domare, invece le creature leggendarie dei grifoni, con il corpo di leone e la testa d'aquila, indicavano la volontà di dominare il cielo e la Terra; infine il pavone che secondo una leggenda può vivere tante vite quanti sono gli "occhi" presenti sulla sua coda, raffigurava la longevità di chi era a capo dell'organizzazione.

Raggiunse la sala conferenze dove ad attenderlo c'erano centocinquanta persone, ma anziché salire sul podio si recò nella cabina di regia posizionandosi di fronte a un microfono. Nello stesso momento una donna sulla quarantina con un cappellino viola abbinato al vestito, andò sul podio e cominciò a leggere un documento contenente i dati di un finto bilancio. Chiunque fosse entrato in quel momento nella sala avrebbe pensato di assistere a un convegno di finanza, ma in realtà ogni persona aveva un auricolare tramite il quale stava udendo il messaggio di Phalaris.

«Cari dignitari, mi fa piacere informarvi che siamo a un passo dal mettere le mani sul medaglione perché abbiamo scoperto dove si sono nascosti i suoi custodi. Presto invieremo i nostri uomini a Los Angeles per rapirli, subito dopo attueremo il piano per ristabilire l'ordine naturale.

Come promesso, avrete una dose della medicina universale che potrete condividere con i vostri familiari.»

Fu interrotto dagli applausi provenienti dalla platea. La donna dal cappellino viola che stava leggendo i dati del finto bilancio fu costretta a interrompersi come se fosse davvero lei la destinataria di quelle manifestazioni di giubilo.

Tramite il microfono, Phalaris continuò il suo discorso con crescente entusiasmo. «Come già sapete ci battiamo per ripristinare l'ordine naturale. Quello che vede i predatori, cioè noi, prevalere sulle prede, ovvero il popolo. Ognuno di voi controlla un'azienda farmaceutica o una compagnia di assicurazione sanitaria e sapete benissimo quanto potrebbe essere pericoloso se quei folli della Confraternita degli Alberi decidessero di distribuire la medicina universale gratuitamente. Prendete per esempio quanto succede nel mondo selvaggio: il lupo nasce, cresce e quando arriva il suo momento muore, così come fanno tutti gli altri animali. In questo modo la natura si autoregola tenendo costante il numero di esseri viventi che se non morissero creerebbero squilibri inimmaginabili. Il cibo scarseggerebbe, le tane non sarebbero abbastanza numerose per contenerli tutti, inoltre a causa della mancanza di spazio vitale comincerebbero a mettere in atto comportamenti aggressivi e perfino le malattie aumenterebbero. Ecco cosa potrebbe accadere agli esseri umani se la Confraternita decidesse di distribuire gratuitamente la medicina. Io dico: vendiamola ai pochi ricchi per fare soldi a palate e continuiamo a rifilare i nostri farmaci ai miliardi di poveri che popolano la Terra.»

Il suo delirante discorso stava giungendo al culmine e i dignitari, animati dalla sete di denaro e dalla prospettiva di riuscire a vivere più a lungo grazie alla medicina universale, annuivano mostrando di concordare con il loro leader.

Phalaris incassò altri applausi e continuò dicendo: «Il divario tra ricco e povero oggi è particolarmente marcato. C'è chi ha troppo e chi non ha nulla, chi può permettersi una casa e chi non ha un tetto sulla testa, chi può dare tutto ai propri figli e chi si strugge perché vorrebbe dargli di più ma non ha abbastanza risorse economiche per farlo. Dobbiamo solo domandarci: da quale parte vogliamo stare? Da quella di chi non ha nulla o da quella di chi ha tutto?».

Nonostante la domanda fosse retorica e la risposta scontata, raggiunse perfettamente il suo scopo catturando il favore del pubblico.

«Per continuare a fare una vita agiata, dobbiamo lottare contro la Confraternita degli Alberi. Per il momento i suoi capi non hanno diffuso la medicina universale, ma chi può assicurarci che non lo faranno in futuro mandandoci tutti in rovina? È come vivere con una pistola costantemente puntata alla testa.»

Phalaris incassò altri applausi. Fece una breve pausa per far aumentare l'interesse del pubblico e conferire più solennità al suo discorso. «Come ben sapete, al giorno d'oggi la salute dipende anche dal denaro: se hai i soldi ti curano prima e meglio, se invece disponi solo di pochi spiccioli hai meno probabilità di salvarti. In questo modo si alimenta il meccanismo della società consumistica attuale secondo cui devi guadagnare abbastanza per vivere meglio e più a lungo.

Noi vogliamo proprio questo, cioè controllare la salute delle persone! Per tale motivo abbiamo fatto pressioni sui vari governi per consentire la vendita di cibi cancerogeni, carne piena di ormoni, ortaggi trattati con antiparassitari, oli pericolosi per la salute, conservanti, coloranti, ecc. Tutto ciò è sugli scaffali dei supermercati! Molti si chiedono come mai un cibo dannoso per la salute sia in vendita. Beh, è merito nostro e ne andiamo fieri! Più la gente si ammala e più noi ci arricchiamo, perché in questo modo tutti avranno bisogno dei nostri farmaci così come delle nostre assicurazioni sanitarie. In poche parole: prima facciamo ammalare le persone e poi vendiamo loro i farmaci per curarsi.»

Fu interrotto nuovamente dagli applausi, ma questa volta durarono due minuti. Era paradossale il fatto che Phalaris stesse parlando dei disagi della società del progresso a persone che non solo erano ricche, ma si sarebbero arricchite ancora di più sfruttando i poveri. Quando tornò il silenzio, egli proseguì: «Le sostanze cancerogene nei deodoranti e quelle nei prodotti per l'igiene personale o nel trucco per le donne, come i parabeni, i cessori di formaldeide, gli etossilati, l'etanolammine, non sono salutari ma devono rimanere sul mercato. Commettiamo forse un reato nel desiderare di vivere agiatamente? Dobbiamo difendere i nostri investimenti! Venderemo la medicina universale a una ristretta cerchia di persone facoltose che la pagheranno cifre altissime. A voi garantirò una parte dei proventi derivanti da questa operazione».

Il discorso era giunto al termine e se nella testa dei dignitari sembrava congruente, chiunque lo avesse udito dall'esterno lo avrebbe giudicato folle, ideato da un uomo senza scrupoli.

In passato il padre di Phalaris aveva detto a suo figlio: «Nel corso dei secoli i capi del Fuoco Greco hanno avuto diversi obiettivi. C'era chi intendeva semplicemente mettere le mani sulla medicina universale per garantirsi una lunga vita e chi invece voleva rivenderla al miglior offerente per diventare ricco. Ecco, io voglio entrambe le cose».

Phalaris non aveva mai dimenticato quelle parole. Fino ad allora i suoi predecessori non erano riusciti a impossessarsi del medaglione perché non avevano la minima idea di chi lo custodisse. Azoth e Livia erano due persone rispettabili come molte altre e nessuno aveva mai immaginato che potessero essere in possesso di quell'antico manufatto. Ora però gli uomini del Fuoco Greco sapevano dove abitavano e si stavano recando a Los Angeles per rapirli.

11

Dopo il colloquio con i genitori, Valerio era furioso. Il fatto di aver lasciato l'Italia per mettersi in salvo a Los Angeles non aveva permesso al padre, così come al Gran Consiglio della Confraternita degli Alberi, di formarlo a dovere e per questo non era riuscito a sviluppare la giusta attitudine per ricoprire la carica di Gran Maestro. Proprio a causa del dolore provato per aver lasciato tutti gli affetti più cari nel Paese dove era nato, il suo carattere si era indurito. Inoltre, sebbene non intendesse nuocere in nessun modo alla Confraternita, non condivideva la scelta di tenere nascosta la medicina universale. Era intenzionato a trovarla e a distribuirla gratuitamente, tuttavia in un angolo della sua mente risuonava la voce del padre che gli sconsigliava di intraprendere qualsiasi iniziativa in tal senso perché l'umanità non era pronta per ricevere un tale dono che sarebbe stato utilizzato nel modo sbagliato. Valerio viveva un conflitto interiore, in più il rancore provato nei confronti di chi era alla guida del Fuoco Greco si era trasformato in qualcosa di profondo, in un forte desiderio di vendetta.

Si recò più volte nel laboratorio dell'università per condurre degli esperimenti. Fissò un piccolo schermo a un pezzo di cuoio assicurandolo al polso tramite due stringhe di pelle e altrettante fibbie poi, lavorando con i circuiti stampati, un processore e varie componenti elettroniche, mise a punto una scheda che collegò tramite tre fili elettrici colorati a vari sensori ottici. Secondo i suoi calcoli connettendo la sua invenzione a un albero, sarebbe riuscito a estrarre i dati immagazzinati nel fusto e a convertirli in impulsi elettrici facendo apparire un'immagine sul piccolo schermo. Se poi, oltre a connettere la sua macchina al tronco l'avesse collegata anche al medaglione, le immagini si sarebbero sincronizzate con i rumori, i suoni e le voci.

Colpì il tavolo del laboratorio con un martello per generare un forte rumore che la macchina avrebbe dovuto captare, ma sullo schermo non apparve nessuna immagine. Provò e riprovò per ore cercando di raggiungere qualche risultato, tuttavia la sua invenzione non voleva saperne di funzionare. Tornò a casa, mangiò poco e andò a letto. Non riuscì a chiudere occhio e a notte fonda fu folgorato da un'intuizione: avrebbe dovuto trattare la sua macchina come fosse una cassa per la musica. I sensori ottici sarebbero stati inseriti all'interno del fusto dell'albero per analizzare gli anelli concentrici e trasferire i dati a due recettori vibranti: in pratica l'energia elettrica sarebbe stata convertita in quella meccanica del movimento e poi ancora in quella elettrica per far apparire le immagini sullo schermo.

La mattina seguente tornò in laboratorio e dopo aver apportato le dovute modifiche alla sua invenzione, fece cadere un vaso a terra mandandolo in frantumi. Lo spostamento d'aria e il rumore generato dal vaso vennero captati dai sensori ottici e dai recettori a forma di stetoscopi che inviarono i dati al processore. Sul piccolo schermo a fosfori verdi fissato al polso di Valerio, apparve l'immagine sfocata del vaso mentre compiva una parabola discendente verso il pavimento.

«Eureka!» esclamò raccogliendo le sue cose per imboccare di corsa l'uscita. Gli studenti appena arrivati nel laboratorio si stupirono nel vedere Valerio andare via così di fretta e pensarono che fosse uscito di senno.

Si precipitò nel viale dell'università e servendosi di un trapano a mano, fece alcuni buchi sul tronco di un albero per connettere sia i sensori ottici che i recettori vibranti. Un uccello dal collo bianco e il becco giallo si posò su un ramo cinguettando. In un primo momento non accadde nulla ma dopo poco l'immagine dell'animale, seppur sbiadita e poco visibile, apparve sullo schermo fissato al polso di Valerio.

«Ci sono riuscito! L'albero ha captato le vibrazioni e il rumore dell'uccello immagazzinando tutto! Se collegassi il medaglione alla mia invenzione e poi al fusto di un albero potrei udire i suoni, le voci, i rumori e al contempo vedere le immagini! Non mi importa cosa dice mio padre. Connetterò la mia macchina agli alberi per trovare il medaglione di cui mi servirò per scoprire dov'è nascosta la medicina universale. La farò produrre in grandi quantità e la distribuirò gratuitamente alle persone. La Confraternita avrebbe dovuto condividerla con il mondo anziché tenerla nascosta!»

Valerio aveva un compagno di corso di nome Noah che con il tempo era diventato il suo migliore amico e decise di parlargli della sua scoperta, pur non accennando nulla riguardo al medaglione. Noah era un tipo piuttosto impacciato, dal viso tondo coperto di lentiggini e i capelli rossi. Gli occhiali quadrati tenuti insieme dal nastro adesivo gli davano l'aspetto della persona ingenua dedita solo allo studio, però i suoi vispi occhi verdi sembravano mandare il messaggio opposto ovvero quello di un tipo sicuro di sé e curioso.

«Noah, non ci crederai, ma ho scoperto una cosa eccezionale.»

«Davvero? No, non dirmelo! È un ventilatore da applicare allo specchietto delle motociclette per rinfrescare il guidatore. Ah no, quella ridicola invenzione l'hai messa a punto l'anno scorso.»

«Questa volta è diverso e funziona! È una macchina che serve a visualizzare quello che gli alberi hanno immagazzinato nella loro memoria. Hai presente i cerchi nel fusto dell'albero? Beh, sono un po' come i dischi in vinile sui quali viene impressa la musica: lì risiede la memoria. Gli alberi oltre a percepire cosa accade intorno a loro, riescono a comunicare gli uni con gli altri e a conservare come dei ricordi.»

«Non credo a una parola di quello che stai dicendo. È impossibile! Gli alberi non hanno la capacità di immagazzinare nulla, inoltre non comunicano affatto tra di loro perché sono solo dei pezzi di legno.»

«Ti sbagli! Ragiona un momento. Se noi riusciamo a imprimere i ricordi nel nostro cervello e a comunicare con il prossimo, perché gli alberi non potrebbero fare altrettanto? Sono vivi come lo siamo noi, giusto? Oltre a scambiarsi messaggi e nutrimenti, si riproducono e danno la vita ad altre piante. Sai già che vivono più a lungo rispetto agli esseri umani e questo li rende gli unici testimoni di tanti eventi del passato. Esistono alberi millenari e proprio come fossero dei libri potrebbero raccontarci la storia di ciò che è accaduto intorno a loro nel corso del tempo.»

Noah rimase un momento a pensare, poi afferrò lo smartphone per fare una breve ricerca su internet. Nel frattempo disse: «Non esiste alcuna evidenza scientifica in grado di provare quello che stai affermando. Vediamo cosa dice questo sito in merito ai tuoi alberi parlanti: "Alcuni funghi simbiotici, detti micorizze, hanno delle ramificazioni che formano il micelio che espandendosi mette in comunicazione le radici dei vari alberi facendo circolare tra loro risorse e molecole di segnalazione. In questo modo gli alberi possono scambiarsi informazioni in merito a incendi, siccità o attacchi di insetti per avere il tempo di predisporre le difese e produrre enzimi per reagire a queste minacce"».

«Hai visto, Noah? Te lo avevo detto, comunicano tra di loro!»

«Beh, in parte avevi ragione però questo non prova nulla, tantomeno che gli alberi abbiano la capacità di immagazzinare le informazioni.»

«Ti voglio far vedere la mia invenzione. Se la collego a un albero sono in grado di riprodurre l'immagine di chi, qualche minuto prima o addirittura secoli prima, ha sostato sotto la sua chioma. Se per esempio sul finire del 500 due cavalieri si sono intrattenuti nei pressi di un albero, questo avrà percepito le loro voci e captato i movimenti dell'aria tramite i recettori delle foglie e dei rami, riuscendo a immagazzinare una vaga immagine di questo avvenimento.»

«Mi sembra fantascienza, comunque ammettiamo che questa storia assurda sia vera. Come fai a visualizzare l'immagine di qualcosa che è successo ieri piuttosto di quella di un evento accaduto un secolo fa?»

«Ci sto ancora lavorando. Comunque la mia macchina è dotata di sensori ottici e recettori vibranti che se introdotti all'interno del fusto dell'albero analizzano gli anelli permettendo di visualizzare le immagini. Se i sensori vengono inseriti in profondità, captano gli eventi più vecchi perché leggono i cerchi più profondi, se invece li introduco a pochi centimetri dalla corteccia, captano quelli più recenti.»

L'amico fece ancora una ricerca con il cellulare e lesse a bassa voce: «I cerchi concentrici degli alberi sono detti anelli di accrescimento e sono visibili nella sezione trasversale del fusto».

Pur rimanendo scettico sull'argomento, Noah si strinse nelle spalle decidendo di stare a guardare cosa sarebbe accaduto. Salutò l'amico dandogli appuntamento al giorno seguente per testare la sua invenzione.

Valerio tornò a casa e cominciò ad accarezzare l'idea di rivelare al suo compagno l'esistenza del medaglione. In fin dei conti se avesse voluto trovarlo in tempi brevi avrebbe avuto bisogno di aiuto, in più voleva condividere con qualcuno il segreto della Confraternita degli Alberi perché nella sua mente stava diventando ingombrante e sentiva il bisogno di rivelarlo per alleggerirsi di quel peso. La sua avversione verso il Fuoco Greco stava crescendo di giorno in giorno dato che a causa sua era stato costretto a lasciare il posto in cui era nato, inoltre, pur non avendo alcuna prova al riguardo, incolpava Phalaris dell'omicidio di Amaltea. L'ultima volta l'aveva vista a Montemurlo, ma presupponeva che fosse stata uccisa dagli emissari del Fuoco Greco.

Spesso si ripeteva: "Se non fossi stato costretto a trasferirmi a Los Angeles sarei stato addestrato dai dignitari della Confraternita degli Alberi che mi avrebbero eletto Gran Maestro. Anziché essere in disaccordo con mio padre, ora avrei potuto prendere il suo posto".

Azoth, dal canto suo, non reputava Valerio abbastanza maturo per ricoprire alcun ruolo di responsabilità. Il ragazzo spesso mostrava una forte aggressività mancando di quella saggezza che un vero leader dovrebbe avere, specialmente nei momenti difficili in cui occorre prendere decisioni in modo razionale.

Ormai Valerio stava per attuare il suo piano, ma prima di mettersi sulle tracce del medaglione voleva salutare Debora una compagna di università iscritta al corso di storia, della quale si era innamorato. Era stato conquistato dalla sua ironia, nonché dagli splendidi capelli color miele, dagli occhi castani picchiettati di verde e dai lineamenti delicati. Sebbene le avesse rivolto la parola solo poche volte, aveva la sensazione di piacerle. Quando si trovava a studiare nella biblioteca dell'università, distoglieva spesso lo sguardo dal libro per rivolgerlo verso Debora che era seduta accanto alla finestra dove la luce del sole le accarezzava i capelli facendoli risplendere. Le lanciava delle occhiate fugaci, pensando a una buona scusa per parlarle.

La personalità di Valerio racchiudeva in sé aspetti contrastanti perché da una parte era molto determinato, invece dall'altra, soprattutto quando doveva interagire con le ragazze, si mostrava impacciato rivelando il suo lato timido.

Sognava di farsi avanti con Debora, ma non si sentiva ancora pronto, inoltre la sua testa era occupata dal pensiero fisso di trovare il medaglione.

12

Dall'aeroporto di Los Angeles gli uomini del Fuoco Greco si stavano dirigendo a bordo di un furgone verso l'abitazione di Azoth e Livia per rapirli. Non avevano idea se entrambi o solo uno di loro conoscesse dove fosse nascosto il medaglione, ma gli ordini del loro capo erano stati chiari: li avrebbero dovuti portare in Italia senza destare sospetti, viaggiando a bordo di un aereo da trasporto di proprietà del Fuoco Greco.

Phalaris si trovava in Toscana nella villa di Montemurlo, della quale si era impossessato e dove aveva deciso temporaneamente di risiedere. La luce del sole filtrava dalle grandi finestre dell'antica abitazione blandendo la spalliera di una poltrona in stile barocco con intarsi in oro. Il silenzio in cui era immerso quel posto era profondo, tuttavia tendendo l'orecchio si poteva sentire in lontananza il suono della campana di una chiesa.

Specialmente in primavera la natura cerca di farsi largo, di guadagnare terreno, per avvolgere le cose del mondo come se intendesse riscattarsi per essere stata costretta a rallentare la sua avanzata durante l'inverno. Nel tentativo di contenere la sua dilagante capacità di espandersi, i giardinieri della villa di Montemurlo erano costantemente all'opera. Ogni tanto Phalaris si intratteneva con loro, li trovava ingenui, ma allo stesso tempo era affascinato da quella saggezza popolare che rappresenta un punto di riferimento per le menti poco allenate alle attività di studio.

Una volta si fermò a parlare con un certo Agostino e gli chiese cosa pensasse della natura.

Il giardiniere stava raccogliendo delle rose e si accingeva a privarle delle spine. Non rispose subito alla domanda di Phalaris, piuttosto finì di disporre i fiori in un cestino. «Trentuno, sono trentuno» mormorò, poi in modo grossolano chiese: «Cosa penso della natura? Che ne so io?».

«Alcuni credono che la natura sia equilibrio, perfezione e infinita opera divina» ribatté l'altro.

Di rimando Agostino, piuttosto imbarazzato perché consapevole di non aver ricevuto un'istruzione pari a quella del suo interlocutore, disse: «Fammi fare un esempio. Una volta ho chiesto a mia moglie se le andava di andare a raccogliere i pomodori al posto mio e lei senza dire una parola mi ha dato un ceffone».

«Cosa c'entra questo?» aveva domandato Phalaris con espressione dubbiosa, ma allo stesso tempo divertita.

«Beh, non so spiegarmi come mai mia moglie abbia reagito in quel modo, posso immaginarlo, pur non avendone la certezza. La natura è come una donna: non puoi conoscerla fino in fondo, quindi come fai a dargli una definizione? Cioè tu hai detto che la natura è un'infinita opera divina, ma sai dirmi cosa significano queste parole? Il mio cervello non riesce a immaginare molto, ma anche quello di una persona colta non penso possa fare altrettanto quando parla di "infinito" e di "divino". Cioè, sono dei paroloni no? Non so se mi sono spiegato.»

Phalaris annuì e se ne andò pensando e ripensando alle parole di Agostino che nella sua semplicità era riuscito a esprimere un concetto profondo. "Ha ragione lui. Esistono cose a cui l'intelletto può solo accostarsi tramite la ragione, pur senza comprenderle in pieno. Oggi ho imparato a non sottovalutare chi, pur non avendo studiato, può servirsi della saggezza popolare. La natura è perfetta ma agli uomini spetta il compito di dominarla, ecco perché non appena entrerò in possesso del medaglione farò tagliare quanti più alberi possibile. In questo modo cancellerò per sempre la "voce" che custodiscono. Io sarò il solo a conoscere i loro segreti" aveva pensato Phalaris poco prima di seguire con lo sguardo il volo di un'ape mentre si posava su un giglio.

Alcuni dignitari del Fuoco Greco lo ritenevano immortale, altri gli attribuivano poteri magici, tuttavia nessuno, eccetto lui, era a conoscenza del segreto nascosto nel DNA di tutti i discendenti maschi della sua famiglia.

In passato aveva speso molte energie per trovare il Gran Maestro e il Capo Supremo della Confraternita degli Alberi, ma nonostante tutti i suoi sforzi non era mai riuscito a individuarli. In verità aveva cercato nei posti sbagliati, passando in rassegna prima tutte le organizzazioni che avessero qualche interesse nella storia, nell'arte o nella natura e poi le società segrete. Invece avrebbe dovuto concentrare le ricerche proprio su quelle persone più insospettabili, con una vita semplice, come Azoth e Livia. Un giorno era stato contattato da una donna che disse di chiamarsi Amaltea e di prestare servizio nella casa del Capo Supremo della Confraternita degli Alberi di cui era la sacerdotessa.

«Cosa vuoi esattamente?» le aveva chiesto lui in quell'occasione.

«Una dose della medicina universale. Il mio servizio per la Confraternita degli Alberi non mi darà alcun vantaggio, io invece desidero vivere più a lungo.»

«Mi sembra un buon affare. Per il momento non intendo agire, piuttosto continua a svolgere il tuo lavoro di governante come se nulla fosse e riferiscimi ogni cosa che vieni a sapere dai leader della Confraternita. Al momento giusto faremo scattare la trappola.»

Tenendo fede alla sua parola, la donna lo aveva messo sulle tracce di Valerio, Azoth e Livia, conducendolo, tempo dopo, a Montemurlo dove però l'organizzazione del fuoco Greco non era riuscita a catturarli perché avevano già abbandonato la villa e stavano progettando di lasciare il Paese per raggiungere Los Angeles.

Tra Amaltea e Phalaris era nato qualcosa. Non si trattava di amore, ma più di un sentimento basato sulla reciproca attrazione fisica. Lui non era cresciuto insieme ad altri bambini e subiva in modo particolare il fascino femminile.

Aveva delle ottime doti da leader, ma quando gli capitava di dover interagire con una donna si trovava in difficoltà. Ad eccezione della relazione con la defunta compagna, egli non aveva avuto altre esperienze.

Phalaris era assuefatto alla solitudine interiore e anziché confidare i suoi pensieri a qualcuno, così come è abituata a fare la maggior parte delle persone, preferiva servirsi di un fantoccio assemblato con materiali di scarto trovati nei polverosi cunicoli. Al posto degli occhi aveva due antiche lanterne di coccio, il naso era costituito da un tubo di ferro, le orecchie da due lastre di zinco, la bocca da una guarnizione in rame, mentre il corpo da scarti di stagno e piombo. Sul petto era fissata una targa argentata con finiture dorate sulla quale era scritto il nome "Poe". Alla base del fantoccio che a causa dei componenti con cui era assemblato sembrava un altare dedicato all'alchimia, si trovava un'ampolla simile a una clessidra contenente del mercurio.

La solitudine interiore aveva portato Phalaris a discorrere con il fantoccio di argomenti dotti; commentava i canti della Divina Commedia e declamava poesie dei cosiddetti poeti maledetti con i quali egli si identificava segretamente. Nonostante ai dignitari del Fuoco Greco mostrasse il suo lato capitalista, dichiarando di voler acquisire sempre maggior denaro e potere, egli aveva anche un animo ribelle.

Una vita vissuta all'insegna delle privazioni, un'infanzia solitaria, dei genitori severi e anaffettivi, avevano fatto in modo che il suo carattere si indurisse. Se da una parte avvertiva come un dovere quello di rendere omaggio agli antenati cercando di entrare in possesso della medicina universale, dall'altra desiderava vivere una vita fatta di cose semplici. La psicologia umana è controversa, complicata, a volte poco coerente ed è per questo che Phalaris aveva una così marcata personalità dicotomica. Viveva un dramma interiore e questo suo dualismo non riusciva mai a dargli serenità. Di questo lui era consapevole e una mattina, cercando di fare una riflessione introspettiva, si disse: "La mia personalità è come se fosse composta da due rette parallele che sono costrette a convivere l'una accanto all'altra. Si osservano, si amano e si odiano allo stesso tempo, obbligate a condividere uno spazio, spesso troppo angusto".

Phalaris si sentiva attratto dal denaro, ma allo stesso tempo lo disprezzava e proprio come i poeti maledetti, non riusciva a trovare un posto nella società consumistica contemporanea che egli stesso più volte aveva definito come una prigione. Spesso si sfogava con Poe chiedendogli di mostrargli la via per liberarsi dalla sua sofferenza interiore, per riuscire a scrollarsi di dosso il peso del mondo moderno dove molte cose, comprese le relazioni interpersonali, venivano consumate rapidamente fino a estinguersi come la fiamma di una candela sotto a una campana di vetro.

A Poe aveva detto: «Da una parte avverto il dovere di diventare ancora più ricco per garantire alla mia stirpe una vita agiata, dall'altra provo una certa repulsione per il denaro perché è vile. Che ne pensi, mio immobile amico? Sì, è così, i soldi sono solo un'invenzione dell'essere umano, uno dei tanti orpelli di cui si circonda, un oggetto di cui tutti si servono per comprare cose inutili. Ho preso una decisione, Poe. Non morirò in un letto d'ospedale perché sarebbe una fine misera, piuttosto se mi dovessi ammalare non assumerò alcun farmaco. Sì, questa è una fine gloriosa, un epilogo degno di un guerriero. Che onore c'è nel prolungare la vita con i farmaci fino ad arrivare a un'età ridicolmente avanzata, dove si perde la ragione? È questa una fine dignitosa? Quando la morte reclama una vita, bisogna dargliela. Oggi invece molti rimangono attaccati alla vita cercando di ingannare la morte con ogni mezzo, ma non c'è onore in questo e la natura lo sa, per questo si ribella. Cosa ne pensi Poe?».

Nella testa di Phalaris risuonava una voce, come se fosse quella del fantoccio con il quale stava avendo il colloquio immaginario. «Devi portare a termine la missione del Fuoco Greco. Solo questo conta. Impossessati del medaglione e trova la medicina universale. Tu non ti ammalerai perché l'assumerai e vivrai a lungo.»

«Forse non mi sono spiegato, Poe. Io non prenderò alcun farmaco, tantomeno la medicina universale.»

«Nessuno ti obbliga, ma ognuno di noi ha uno scopo e tu conosci il tuo. Inoltre devi fare un altro figlio altrimenti rimarrai senza discendenza. Amaltea non si rifiuterà, ma ricorda: dovrai rivelarle il segreto della tua famiglia, intendo quello del DNA.»

«Siamo d'accordo. Amaltea non potrà negarmi il diritto di avere un erede. Ogni tanto penso a mio figlio. Non meritava di morire così giovane a causa di una stupida caduta.»

«Vogliamo farne un dramma? Anche tu sei caduto più volte dalle impalcature. Non lasciare che la morte di tuo figlio ci distragga dal nostro obiettivo.»

«Va bene. Comunque ho un altro paio di domande per te, Poe. Quando sarò entrato in possesso della medicina universale so come agire, ma cosa dovranno fare esattamente i miei discendenti?»

«Prima di pensare a loro pensa a te. Dovrai consolidare la tua posizione economica acquisendo nuove case farmaceutiche e tenere in scacco i potenti del mondo. Proprio come un dio, diverrai il dispensatore della vita. Chiunque vorrà vivere più a lungo, dovrà rivolgersi a te e in futuro sarà costretto a piegarsi al volere dei tuoi discendenti. Questo è il percorso tracciato da chi ti ha preceduto, non puoi sottrarti al destino.»

Phalaris aveva annuito concordando con i consigli di quella voce che esisteva solo nella sua testa.

13

Phalaris si trovava ancora nella villa di Montemurlo e si mise a pensare sia a quando aveva conosciuto Amaltea sia al momento in cui le aveva rivelato il suo segreto più inconfessabile. A quel tempo lei lavorava per la famiglia di Valerio e cominciava a sperimentare la frustrazione di vedere il suo corpo invecchiare. Un giorno era davanti allo specchio e constatò come la pelle non fosse più elastica come in passato, le rughe cominciavano a fare capolino sul bordo degli occhi, i capelli stavano perdendo di vivacità. Non è facile per nessuno rassegnarsi al tempo che passa, ma per Amaltea era una cosa molto difficile da accettare soprattutto perché aveva il privilegio di possedere il dono della bellezza. Quel giorno maturò la decisione di contattare Phalaris per trovare un modo di entrare in possesso di una dose della medicina universale. Sapeva che se l'avesse assunta non sarebbe ringiovanita, ma almeno avrebbe vissuto più a lungo. Quando Phalaris l'aveva vista per la prima volta era rimasto affascinato dai suoi grandi occhi azzurri, dalle delicate guance sottili e dalla sua personalità. Egli ci si rispecchiava in pieno perché dietro a un carattere all'apparenza severo, si poteva scorgere vagamente il profilo di una donna meno dura, desiderosa di ricevere affetto. Phalaris sapeva di avere bisogno di un erede a cui lasciare il compito di guidare il Fuoco Greco visto che il figlio era morto. Da una parte sentiva il bisogno di portare a termine la missione affidatagli dal padre, dall'altra voleva essere avvolto dall'amore. Alla fine prevalse il suo senso del dovere che lo portò a considerare Amaltea solo come un mezzo per raggiungere i suoi scopi, ma era consapevole che almeno al principio doveva fingere di essersi infatuato di lei.

Una sera la invitò a fare una passeggiata a Roma nei pressi del Pantheon che egli descrisse come "una mirabile opera d'arte edificata per rendere omaggio a varie divinità" e proprio di fronte a quell'antico monumento le aveva proposto di andare a vivere insieme.

Amaltea proveniva da una famiglia umile con una storia complicata che per certi versi aveva alcuni punti in comune con quella di Phalaris. La madre, pur consentendole di frequentare la scuola, non la faceva mai giocare con i coetanei perché tutti i pomeriggi la costringeva ad accudire la nonna anziana e a fare le pulizie in casa. Le aveva sempre detto che gli uomini avevano il diritto di svolgere lavori importanti mentre le donne dovevano rimanere in disparte. Questa mentalità della madre, dovuta a un'errata percezione della realtà nata da una sua personale storia familiare disastrosa, con genitori alcolisti, l'aveva portata a inculcare nella testa di Amaltea l'idea che il massimo della realizzazione di una donna poteva essere raggiunto solo servendo un uomo o svolgendo un lavoro umile come quello di cameriera.

Con questo pesante vissuto alle spalle, Amaltea aveva sviluppato un carattere difficile e controverso. Quando anni prima aveva incontrato per caso Livia dopo la messa, era rimasta affascinata dal suo modo di parlare dei diritti delle donne e della loro dignità. All'epoca pensò che le sarebbe piaciuto avere una madre come lei e accettò l'offerta di lavorare come governante.

Per anni svolse diligentemente il suo compito stando al fianco di Valerio, guadagnandosi a tal punto la fiducia di Azoth e Livia da essere invitata a unirsi alla Confraternita degli Alberi. Inizialmente non intendeva entrare in possesso della medicina universale, ma col tempo il suo animo era stato corrotto dal desiderio di poter vivere a lungo.

"Chiunque al posto mio coglierebbe l'occasione di poter vivere di più. Azoth non consentirebbe né a me né ai suoi familiari di assumerne una dose. Come può un padre e un marito rinunciare a far vivere di più il figlio e la moglie?" si era chiesta un giorno.

Ammaliata dalla figura misteriosa di Phalaris e allettata dalla possibilità di mettere le mani sulla medicina universale, accettò di divenire la sua compagna.

Non si sentiva in colpa per aver tradito la Confraternita degli Alberi e tantomeno Valerio con il quale aveva speso molto tempo, perché le sue vicende familiari l'avevano portata a diventare insensibile, egoista, cinica; in qualche modo sentiva il bisogno di compensare la sofferenza provata per non aver ricevuto cure adeguate dai genitori con qualcosa che la facesse sentire bene. A volte la sua coscienza le suggeriva di non tradire la Confraternita, ma subito dopo una vocina interiore le consigliava di fare tutto l'opposto. La sua personalità dicotomica somigliava a quella di Phalaris.

Si mostrava sempre ossequiosa nei confronti del compagno con cui però non andava d'accordo. La diversa estrazione sociale nonché la mentalità maschilista dell'uomo, con il passare del tempo avevano contribuito a scavare un solco tra i due. La vita di Phalaris era avvolta nel mistero. Spesso spariva per giorni, poi tornava senza rivolgere la parola ad Amaltea. Lei sopportava tutto questo solo perché il desiderio di assumere la medicina universale era talmente cresciuto da divenire quasi una malattia dell'animo e un'ossessione.

Un giorno Amaltea si trovava a Roma nella casa di via del Mascherino e proprio mentre stava facendo i bilanci della sua vita, Phalaris entrò nella stanza dicendo di volerle rivelare il segreto della sua famiglia.

"Ci risiamo!" pensò lei "mi disorienta sempre. È una persona incostante, imprevedibile e non so mai cosa aspettarmi. Un giorno sembra non prestarmi alcuna attenzione, quello successivo invece dimostra di tenere a me."

La condusse nello studio dove si trovava la statua con inciso il nome "Callinicus" a cui spinse la testa per far scattare il passaggio segreto della libreria.

Le disse: «Questa statua raffigura Callinico, vissuto a Eliopolis nel VII secolo. Secondo lo storico Teofane Confessore fu proprio lui a inventare la potentissima arma del fuoco greco di cui si servirono i bizantini per respingere gli Arabi nel corso dell'assedio di Costantinopoli. La verità è un'altra e cioè che fu un mio avo a rivelare a Callinico la ricetta segreta della miscela. Da secoli la mia famiglia la conserva gelosamente e l'ha venduta a generali e sovrani per consentire loro di vincere molte battaglie. Se questa verità venisse diffusa, la storia dovrebbe essere riscritta perché in molti casi a decidere le sorti di una guerra non è stata solo l'abilità dei generali, ma l'uso del fuoco greco».

Amaltea ascoltava il racconto con attenzione e se da una parte si sentiva onorata di essere messa al corrente di quel segreto, dall'altra era consapevole che ciò l'avrebbe legata ancora di più alla potente famiglia di Phalaris, contro la quale non si sarebbe mai potuta schierare.

Tramite la scala a chiocciola raggiunsero il corridoio sulle cui pareti si trovavano gli antichi quadri di famiglia. Phalaris ne indicò uno che raffigurava un uomo identico a lui mentre discorreva con lo Scià di Persia, poi disse: «Quando si concludeva una battaglia, vinta grazie alla nostra arma, i miei avi incassavano il denaro e facevano uccidere le persone a cui avevano dato la ricetta del fuoco greco, proprio per proteggerne il segreto. Si sono fatte varie ipotesi circa la composizione della sostanza infiammabile, ma nonostante le tecnologie e le conoscenze scientifiche moderne nessuno è mai riuscito a replicarla. Con i proventi derivanti dalla sua vendita la mia famiglia ha accumulato una grande ricchezza grazie alla quale, in tempi più recenti, ha potuto acquisire molte società farmaceutiche e di assicurazione sanitaria».

«Nonostante te lo abbia chiesto varie volte, non mi hai mai parlato né di tuo padre né di tua madre. Pensi questo sia il momento adatto per farlo?» chiese lei timidamente.

«Ti prego di non interrompermi, saprai tutto a tempo debito. Per ora sappi che mia madre è morta così come la mia precedente compagna.»

«Va bene» rispose Amaltea in modo ossequioso, poi provò a porre un'altra domanda. «Hai fatto riferimento ai tuoi avi, eppure sei raffigurato in ogni ritratto. Sei chiaramente tu in quei quadri! I lineamenti sono i tuoi, così come gli occhi neri, i lunghi capelli biondi. Com'è possibile? È come se tu abbia vissuto ogni epoca.»

Phalaris annuì. «Come già sai, discendo da una famiglia molto antica. Un mio avo era addirittura presente sul campo di battaglia di Alesia dove combatterono i Romani guidati da Giulio Cesare e già all'epoca la sua missione era quella di trovare il medaglione. A quel tempo era finito nelle mani di un soldato romano, un certo Valentinus, ma presumo sia morto in battaglia perché del medaglione nessuno ne ha avuto più notizie e comunque il mio avo non riuscì a impossessarsene.»

«Comincio a capire anche se non ho ancora un quadro completo.»

«A causa di un'anomalia genetica nella mia famiglia possono nascere solo figli maschi, con gli stessi lineamenti, lo stesso colore degli occhi, quello dei capelli e la medesima corporatura dei padri. Nel corso dei secoli non è mai nata una femmina. Approfittando di questa anomalia genetica, i miei avi fecero circolare la voce di essere immortali, ma in realtà i protagonisti dei ritratti di famiglia sono persone diverse, figli di padri da cui non solo hanno ereditato le caratteristiche genetiche, ma anche il nome. Ecco perché ci chiamiamo tutti allo stesso modo, proprio per indurre chiunque, compresi i dignitari del Fuoco Greco, a pensare di trovarsi di fronte sempre alla stessa persona che non invecchia. I miei predecessori tennero lontani i loro figli dagli occhi indiscreti della società, non li mandarono a scuola, non permisero loro di interagire con i coetanei, proprio per proteggere questo segreto. Quando un padre muore, il figlio prende il suo posto e nessuno si accorge della sostituzione perché questa anomalia genetica blocca i segni del tempo sui nostri volti rendendoci, almeno nell'aspetto, sempre giovani. In realtà proprio come ogni altra persona ci ammaliamo, ci indeboliamo, i nostri organi si deteriorano e moriamo.»

Amaltea non poteva credere a quanto stava udendo. Da una parte si sentiva una privilegiata per avere la possibilità di vivere con un personaggio appartenente a una famiglia tanto antica, dall'altra non riusciva ancora ad accettare che i suoi futuri figli dovessero crescere in casa, lontano dai coetanei. Le sembrava una cosa senza senso e di una cattiveria inaudita.

Phalaris continuò il discorso. «Le nostre società assicurative, così come quelle farmaceutiche, sono gestite da prestanome proprio per non destare sospetti, ma tutti fanno capo a me. I dignitari del Fuoco Greco, invece, pensano di avere a che fare con una persona immortale che guida l'organizzazione da secoli. È questo l'unico modo per tenerli uniti e dominarli. Le persone ricche come loro difficilmente si sottomettono a qualcuno, a meno che non si tratti di un leader ammantato da un'aura di magia. I miei geni prevarranno sui tuoi e su quelli delle donne a cui in futuro sarà offerta la possibilità di perpetuare la nostra stirpe. Nasceranno altri figli maschi identici a me che all'apparenza non invecchieranno, i cui ritratti verranno appesi proprio in questo corridoio. Spero tu possa comprendere l'importante compito che ci è stato affidato.»

Lei non disse nemmeno una parola e si limitò a fissare il compagno. In quel momento si sentiva confusa, ma non era in grado di reagire o di obiettare alcunché. La mentalità inculcatale dalla madre l'aveva resa arrendevole e giocava un ruolo fondamentale nella sua capacità di discernere cosa fosse giusto da cosa non lo fosse.

La sua mente venne sgombrata da ogni dubbio quando vi fece capolino nuovamente il desiderio di entrare in possesso della medicina universale, quindi pensò: "Mi aspetta una vita triste. Oltre a dovermi rassegnare a vivere accanto a un uomo freddo, dovrò accettare l'idea di tenere lontano il mio futuro figlio dalla società e dai suoi coetanei. Se non lo farò, perderò l'occasione di assumere la medicina universale e questo non può accadere".

Notando la sua perplessità, Phalaris la incalzò dicendo: «Se assumerai la medicina universale potrai vivere più a lungo di me».

«Non capisco. Tu non hai intenzione di prenderla? Inoltre, scusa se torno sull'argomento: la tua famiglia è certamente una delle più importanti e leggendarie della storia, ma sembra che le donne abbiano un ruolo marginale, come se servano solo a sfornare figli e dare continuità alla stirpe.»

Lui scosse la testa e rispose: «Non assumerò la medicina universale per motivi personali che non mi sento di condividere con te. Comunque hai ragione, Amaltea. Il Fuoco Greco è composto per lo più da uomini ed è orientato verso il mondo maschile più che a quello femminile. Quei deboli della Confraternita degli Alberi invece la pensano diversamente e si lasciano guidare dalle donne. Per questo la loro struttura è fragile: noi siamo i predatori e loro le prede. Anche in natura è così, il capo del branco è un maschio. Noi, piuttosto, riserviamo alle donne il compito e l'onore di perpetuare la nostra stirpe».

«A me le donne della tua famiglia sembrano più delle recluse che muoiono in circostanze poco chiare, come tua madre e la tua precedente compagna.»

«Basta così! Non ti consento di spingerti oltre con queste illazioni. Il tuo sacrificio è poca cosa se paragonato alla possibilità che ti viene offerta di vivere più a lungo.»

Lei annuì, reprimendo il desiderio di replicare.

14

Un informatore della Confraternita degli Alberi aveva avvertito Livia e il marito dell'arrivo a Los Angeles degli emissari del Fuoco Greco.

«Azoth, ci hanno trovati! Come ci sono riusciti?»

«Non c'è tempo per pensare a questo, ora dobbiamo telefonare a Valerio e metterci in salvo. Credevo di aver trovato un po' di pace in California, ma evidentemente non è possibile sfuggire alle spie di Phalaris. Sono ovunque!»

I due provarono a telefonare al figlio senza riuscire a raggiungerlo, perciò gli lasciarono un messaggio nella segreteria telefonica avvertendolo del pericolo. Non appena aprirono la porta per andare in garage, si trovarono di fronte un uomo vestito di nero con la pistola in pugno.

Nel frattempo Valerio era con Noah all'università e stava per raccontargli del medaglione, quando vide Debora e volle salutarla. Lo fece d'impulso come se la sua parte inconscia volesse battere sul tempo quella conscia per evitare che, come sempre, gli impedisse di parlare.

Contrariamente a quanto si aspettava, la ragazza gli rivolse la parola chiedendo: «Come va?».

«Bene, ehm... stavo giusto dicendo a Noah della mia invenzione. Ho messo a punto una macchina per parlare con gli alberi.»

«Parlare con gli alberi?» chiese lei con espressione stupita.

"Ho appena detto la prima cosa che mi è saltata in mente, ora mi prenderà per pazzo" pensò Valerio un momento prima di correggersi, aggiungendo: «In realtà ho inventato una macchina in grado di analizzare gli anelli di accrescimento degli alberi per ricavarne importanti informazioni. È un po' complicato da spiegare, ma se hai tempo posso mostrarti come funziona. Se vuoi puoi passare a casa mia... ci sono i miei genitori chiaramente, cioè non ti sto invitando a stare da sola con me, capito?».

Debora sorrise. Trovava Valerio impacciato, ma allo stesso tempo molto dolce. Non era il solito tipo che tentava di mostrarsi virile pur di attirare la sua attenzione. Fisicamente non le dispiaceva, inoltre i ragazzi timidi la mettevano a suo agio. Accettò l'invito dicendosi contenta di conoscere i genitori di Valerio.

Noah strizzò l'occhio all'amico in segno d'intesa, come per augurargli buona fortuna e si allontanò in direzione della mensa.

I due ragazzi rimasero da soli e si sforzarono di dire qualcosa, anche se l'imbarazzo era forte. Lei pesava le parole cercando al contempo di mostrarsi sicura di sé, mentre lui tentava di riempire ogni silenzio facendo delle battute. Salirono sull'auto di Valerio, un'utilitaria un po' datata, per dirigersi verso la casa dei genitori. Durante il viaggio scoprirono di avere molte cose in comune, tra cui la passione per la storia e quella per la montagna. Debora raccontò di far parte di un'associazione ambientalista il cui scopo era quello di salvare le foreste tropicali dal disboscamento. Disse di essere orfana di entrambi i genitori e di aver passato l'infanzia in Italia con un'anziana zia, poi ammalatasi di demenza e ricoverata presso una struttura privata. Grazie a una borsa di studio si era potuta trasferire in California dove pensava di rimanere a vivere dopo la laurea.

"Abbiamo in comune anche questo. È italiana!" pensò lui cominciando ad assumere la tipica espressione da pesce lesso. Il reciproco interesse si stava pian piano trasformando in qualcosa di più profondo; chiaramente non si poteva ancora definire "amore" tuttavia si trattava di quel sentimento unico che lo precede di poco.

Le disse di amare la natura e di provenire da un'illustre famiglia romana con capacità finanziarie molto limitate rispetto al passato. I due cominciarono a parlare in italiano e ciò li fece entrare ancora di più in confidenza: il destino sembrava proprio aver tessuto a dovere le sue trame.

Giunsero a casa di Valerio, ma dei genitori non c'era alcuna traccia.

"Forse non sono qui" pensò.

Mise in uno zaino la sua invenzione e un computer portatile poi invitò la ragazza a sedersi. Alcuni rumori provenienti dalla cucina lo insospettirono, quindi con cautela aprì la porta a doppia anta trovandosi di fronte due uomini vestiti di nero. Valerio capì subito chi fossero e prontamente richiuse la porta bloccandola con un fermacarte a forma di ferro di cavallo poi si precipitò da Debora per trascinarla fino alla macchina.

«Anche se i tuoi genitori non mi vogliono incontrare sono sempre convinta che il dialogo possa risolvere qualsiasi situazione! Ti dispiace spiegarmi cosa succede?»

L'ironia della ragazza gli aveva fatto dimenticare per un attimo quanto fosse preoccupato. Cercò di recuperare un po' di lucidità e rispose: «È una storia lunga e vorrei tenerti fuori da tutto questo, ora allontaniamoci da qui».

Debora si sentiva confusa e stava addirittura pensando che si trattasse di uno scherzo, ma quando furono in macchina lui le raccontò chi fossero quelle persone e cosa volessero dalla sua famiglia. Non scese nei particolari e non menzionò il medaglione, tuttavia cercò di spiegarle sinteticamente cosa stava accadendo.

Si allontanarono rapidamente imboccando l'autostrada verso Santa Monica; ad un certo punto si accorsero di essere seguiti da un'automobile nera al cui interno videro non solo gli uomini del Fuoco Greco, ma anche i genitori di Valerio. Provarono più volte a seminarla ma senza successo, così la ragazza suggerì di imboccare l'uscita e fermarsi all'interno di un autolavaggio per far perdere le loro tracce. Lo stratagemma riuscì e l'automobile degli inseguitori proseguì oltre.

In passato lui aveva più volte accarezzato l'idea di raccontare al suo amico Noah del medaglione, ma ora stava pensando di liberarsi di quel segreto che era diventato pesante come un macigno e di parlarne con Debora.

Ripresero l'autostrada pur senza avere in mente una meta precisa. Debora propose di andare dalla polizia, ma l'ipotesi venne scartata non appena Valerio le raccontò di quanto fosse potente l'organizzazione del Fuoco Greco.

«Sarebbe inutile, hanno infiltrati ovunque e nel giro di poche ore ci arresterebbero» disse lui con una punta di tristezza nella voce.

«Quest'organizzazione è così potente? Non posso ancora crederci, sembra di vivere la trama di un film di spionaggio.»

«Purtroppo è così. Hanno mezzi economici pressoché illimitati e non si fermano davanti a nulla. Ti lascerò da qualche parte così potrai tornare a casa con un taxi.»

Lei si mostrò d'accordo e nonostante nutrisse il forte desiderio di aiutare Valerio, non voleva trovarsi nei guai tantomeno rischiare la vita per qualcosa che non la riguardava affatto.

La lasciò alla stazione dei taxi raccomandandole di non fare parola con nessuno di quanto accaduto.

Debora avrebbe voluto conoscere meglio Valerio, ma il suo istinto le consigliava di trovare un compagno con una vita normale.

Mentre lui si stava dirigendo verso Santa Monica sentì il messaggio nella segreteria telefonica lasciatogli dai genitori che lo avvertivano del pericolo, subito dopo ricevette una telefonata da parte della madre che gli diceva di partire immediatamente per l'Italia e di andare nella villa di Montemurlo.

«Mamma, come state? Vi ho visto nell'auto degli emissari del Fuoco Greco!»

«Stiamo bene, siamo riusciti a fuggire, ti spiegheremo tutto non appena arriverai in Italia. Ora non posso dirti molto, dobbiamo prendere strade diverse. Fai come ti dico, vai a Montemurlo.»

«Non è un posto sicuro.»

«Lo abbiamo messo in sicurezza, sbrigati.»

«Mamma...» disse il figlio poco prima che la comunicazione s'interrompesse. Provò a richiamarla ma senza successo. Tentò anche di telefonare al padre, ma la linea cadeva in continuazione.

C'era qualcosa di strano. Livia si era rivolta al figlio in modo freddo, ma Valerio non se ne era preoccupato più di tanto perché sapeva quanto fosse difficile per lei ricominciare a scappare dal Fuoco Greco.

Il ragazzo prese alloggio in un motel e all'imbrunire qualcuno bussò alla sua porta. Temendo di essere stato scoperto, afferrò un pesante fermacarte da utilizzare nel caso in cui si fosse dovuto difendere. Quando aprì la porta si trovò di fronte Debora.

«Come mi hai trovato?» chiese lui con la voce rotta dall'ansia.

«Ho due cellulari e il secondo l'ho dimenticato nella tua macchina. Per arrivare qui ho seguito il suo segnale GPS. Vorrei stare lontana dai guai, ma ormai sono stata trascinata in questo casino. Prima di arrivare a casa ho controllato dal telefono le telecamere del mio appartamento e ho visto due uomini vestiti di nero fermi davanti alla porta. Non so come abbiano fatto a risalire a me. Sono qui per riprendere il secondo telefono e per capire come posso tirarmi fuori da questo guaio.»

Valerio la fece entrare e i due ebbero finalmente modo di parlare con un po' di calma. Le raccontò l'incredibile storia del medaglione e della Confraternita degli Alberi, ma lei chiaramente stentò a crederci.

Decisero di prenotare due biglietti aerei per l'Italia dove si sarebbero riuniti con Azoth e Livia per fare il punto della situazione. Valerio non aveva molti soldi a disposizione perché la sua carta di credito in cui i genitori versavano mensilmente una quota, stava per raggiungere il limite massimo di spesa tuttavia riuscì a pagare il viaggio per entrambi.

Lei accettò di seguirlo anche perché a parte qualche amica con cui usciva, non aveva una famiglia su cui contare in caso di necessità.

Passarono la notte a parlare di vari argomenti tra cui quelli riguardanti gli alberi e le loro capacità comunicative, fin quando all'alba la stanchezza li travolse facendoli addormentare. Quando si svegliarono si trovarono l'uno nelle braccia dell'altra e nonostante a entrambi non dispiacesse stare in quella posizione, si ritrassero provando un certo imbarazzo. L'amore aveva trovato un terreno fertile e presto sarebbe germogliato.

15

I due ragazzi si imbarcarono sull'aereo e durante il volo non fecero altro che parlare. Sembravano fatti l'uno per l'altra, quando lui cominciava una frase lei la terminava. Valerio si mostrava molto premuroso nei suoi confronti e aveva deciso di farla proteggere dalla Confraternita degli Alberi che certamente in Italia aveva molti mezzi a disposizione.

Arrivarono a Roma dove dall'aeroporto raggiunsero la stazione Termini per prendere il treno per la Toscana. Una volta fatti i biglietti vennero avvicinati da una donna con i capelli arruffati, l'abito logoro e l'aspetto trasandato che porse la mano per chiedere l'elemosina dicendo: «Non andate a Montemurlo, è una trappola!».

Nel sentire quelle parole Valerio trasalì. Non si aspettava di essere messo in guardia da una signora con l'aspetto di una mendicante.

«Dove andiamo allora?» chiese lui guardandola con sospetto. Nonostante la donna sembrasse appartenere alla Confraternita degli Alberi, Valerio non aveva del tutto scartato l'ipotesi che fosse qualcuno inviato dal Fuoco Greco. Non si fidava di nessuno, ma in quel momento non disponeva di altre alternative.

«Minacceranno di uccidere Livia per farsi rivelare da tuo padre dov'è nascosto il medaglione. Tutto è perduto, almeno voi mettetevi in salvo.»

«Sono stati rapiti, ma sono riusciti a fuggire. Mia madre mi ha telefonato...» disse Valerio con tono preoccupato.

«Non era tua madre a parlare, ma un software che ha imitato la sua voce. Sono stati rapiti entrambi e portati qui in Italia.»

Il ragazzo cercò di farsi coraggio. Il solo pensiero di rischiare di perdere i genitori lo fece rabbrividire.

«Bisogna trovare una soluzione. Ci deve essere un modo per liberarli!»

«Se tu riuscissi a impossessarti del medaglione prima del Fuoco Greco, potresti utilizzarlo come merce di scambio per salvare i tuoi genitori. Nemmeno il Capo Supremo Livia sa dov'è nascosto, solo Azoth ne è al corrente. Riusciranno a far parlare tuo padre e si faranno dire dove si trova. A ben pensare, non credo che tu possa arrivare al medaglione prima del Fuoco Greco.»

«Non ne sarei tanto sicuro» rispose Valerio con tono deciso e nel congedarsi pronunciò per la prima volta nella sua vita il motto della Confraternita degli Alberi che aveva udito dal padre tempo prima: «Virtus et Honor».

La donna vide avvicinarsi un signore distinto con indosso un completo elegante e temendo fosse un sicario del Fuoco Greco, si affrettò a mettere nelle mani del ragazzo delle banconote da cento euro, due nuovi telefoni cellullari dotati di una speciale tecnologia che li rendeva difficili da rintracciare e vari caricabatterie, poi disse: «Allontanatevi da qui! Non vi fidate di nessuno ed evitate di usare la carta di credito, altrimenti vi rintracceranno. Nulla è ciò che sembra. Che la voce degli alberi vi accompagni.»

Valerio e Debora raggiunsero il binario da dove sarebbe partito il loro treno e salirono sul vagone. L'uomo dal completo elegante non li aveva persi di vista e mise una mano sotto la giacca come se intendesse estrarre la pistola. I ragazzi afferrarono due valigie dal vano bagagli lanciandole a terra per cercare di rallentarlo, poi scesero di corsa dal treno riuscendo a mischiarsi alla folla per far perdere le loro tracce.

Debora si sentiva a disagio. Riteneva Valerio un ragazzo interessante, ma desiderava una vita tranquilla e il trovarsi in una situazione rischiosa le generava molta ansia. Il fatto di non avere nessuno al mondo, se non la vecchia zia affetta da demenza, le aveva offerto un motivo in più per legare con il ragazzo anche perché le attenzioni che riceveva da lui le sembravano quelle del padre che non aveva mai avuto. Dal canto suo Valerio desiderava avere vicino qualcuno con cui condividere il pesante fardello rappresentato dal segreto della sua famiglia.

Visto che la villa di Montemurlo non era un posto sicuro, i due decisero di rimanere a Roma dove presero alloggio in un hotel per cercare di guadagnare tempo e fare il punto della situazione.

Valerio raccontò a Debora per filo e per segno ogni dettaglio in merito al coinvolgimento della sua famiglia con la Confraternita degli Alberi, soffermandosi anche a descrivere tutto quel che aveva appreso dal padre e dalla madre nel corso del tempo.

Aggiunse con tono fermo: «Dobbiamo trovare il medaglione e servircene per arrivare alla medicina universale prima del Fuoco Greco. Solo a quel punto cederemo il medaglione a Phalaris in cambio della liberazione dei miei genitori. In questo modo gli uomini del Fuoco Greco non potranno mettere le mani sulla medicina universale perché sarà già in nostro possesso».

«Solo Azoth sa dove si trova il medaglione. Come pensi di poterlo trovare? Senza contare che quelli del Fuoco Greco si faranno rivelare da tuo padre dov'è nascosto e ti batteranno sul tempo, arrivandoci prima di te» disse Debora con tono preoccupato.

«Collegheremo la mia invenzione ai fusti degli alberi per scoprire dov'è nascosto il medaglione poi, come ti ho detto, ce ne serviremo per trovare la medicina universale. In effetti sto parlando al plurale, come se dovessimo fare tutto insieme, ma a questo punto penso sia meglio farti tornare a Los Angeles. Qui le cose si stanno complicando ed è pericoloso per te.»

«Se non ti dispiace vorrei rimanere. Non voglio lasciarti da solo» rispose lei accostando il viso a quello di Valerio.

«Non posso chiederti tanto, in fondo hai diritto di vivere una vita lontano dal pericolo, senza doverti misurare con cose più grandi di te o trovarti in situazioni talmente paradossali da sembrare quasi irreali.»

«Sei la prima persona che si è avvicinata a me in modo discreto e dolce. Al mondo sono sola e anche se non ci conosciamo bene, sento che la cosa giusta è quella di seguirti nonostante comporti dei rischi. Inoltre la mia posizione è già compromessa e non ho molte alternative se non quella di aiutarti.»

A parlare in quel momento furono gli sguardi pieni di passione, poi le labbra si unirono per suggellare le loro promesse d'amore.

16

Phalaris si trovava a Montemurlo e presto avrebbe sottoposto Azoth a tortura per costringerlo a rivelare dove fosse nascosto il medaglione. Era orgoglioso di essere vicino a scoprire quel segreto. Stava riuscendo dove tutti i suoi predecessori avevano fallito, si sentiva il maschio Alfa, il più forte. A bassa voce si disse: «Sono l'ultimo anello di una specie che si è evoluta fino al punto da mettere al mondo l'essere perfetto. Tutti i sacrifici fatti durante la mia vita saranno presto ripagati. Farò parlare Azoth, poi lo ucciderò insieme alla moglie. Del figlio non mi preoccupo più di tanto perché è solo un moccioso, ma farò in modo di eliminare anche lui per far sparire del tutto la sua stirpe, dopodiché collegherò il medaglione agli alberi più antichi per mettermi sulle tracce della medicina universale. Il tentativo di attirare qui Valerio con il software che ha imitato la voce della madre è fallito, ma poco importa, perché ormai ogni pezzo del mosaico è al suo posto. Tutto procede come stabilito, mi sembra un piano perfetto, non vedo cosa possa andare storto».

Dopo aver espresso questo pensiero si recò nella stanza attigua dove lo attendeva il Gran Sacerdote del Fuoco Greco che indossava gli antichi paramenti sacri. Tra questi c'era la corona dei faraoni egizi chiamata Khepresh, una stola romana come quella portata dai primi Padri della Chiesa e una tunica usata nell'antica Grecia, detta chitone, fermata sulle spalle da fibule decorate.

Quella a cui stava per partecipare Phalaris era un'antica cerimonia propiziatoria riservata a colui che era prossimo a mettere le mani sul medaglione. Nessuno dei suoi antenati vi aveva mai preso parte e lui di questo ne andava fiero.

Il Gran Sacerdote chiuse le tende per lasciare la stanza in penombra, poi bruciò dell'incenso in una coppa d'argento diffondendo il fumo nell'ambiente. Phalaris attraversò un corridoio adornato da cento candele dalla fiamma viola, si liberò degli abiti e si immerse in una vasca di rame riempita d'acqua e petali di rosa ricoperti di polvere d'oro. Un canto gregoriano proveniva da un'apertura nella parete collegata al seminterrato della villa dove erano riunite le più alte cariche del Fuoco Greco. Secondo la tradizione non erano degni di partecipare alla solenne cerimonia che si stava svolgendo al piano superiore, però potevano far giungere la voce al loro capo in segno di devozione.

Il Gran Sacerdote lesse un'antica formula rituale scritta su un papiro, poi versò un liquido verde in un'ampolla e lo adagiò su una tavoletta di sughero che galleggiava sull'acqua della vasca. Subito dopo aprì la porta per far entrare Amaltea che si guardò intorno confusa e impaurita. Phalaris le si rivolse dicendo: «Sono il primo della mia stirpe a essersi unito con una sacerdotessa della Confraternita degli Alberi. Ho fatto un ottimo lavoro, tuttavia il tuo compito è quasi giunto al termine. Non appena mi avrai dato un figlio, assumerai il veleno contenuto in quest'ampolla per trovare la pace eterna. Avrai così l'onore di riposare nell'aldilà con le donne che in passato hanno contribuito a dare continuità alla mia stirpe».

Inizialmente Amaltea aveva accettato di stare con lui per vivere più a lungo grazie alla medicina universale e per essere adorata come una divinità dagli affiliati del Fuoco Greco, ma ora in modo repentino tutto era cambiato.

Lei disse sottovoce: «Mi avevi promesso una lunga vita, non la morte».

«La miglior medicina che cura tutti i mali è la morte e tu sarai ricordata in eterno. La mia precedente compagna, la madre di mio figlio che sfortunatamente è venuto a mancare, ha scelto saggiamente di assumere il veleno.»

Amaltea non disse nulla, piuttosto si chiese: "Questo è il destino delle donne dell'antica famiglia di Phalaris? Le usano solo per assicurarsi una discendenza e poi le fanno sparire dalla circolazione? In fondo quali alternative avrei? Almeno posso dire di aver speso bene una parte della mia vita. Quando stavo da Azoth e Livia ero una semplice governante, invece grazie a Phalaris sono diventata una persona importante. Dovrei essergli grata. Sono contenta di aver vissuto degnamente per un periodo. È stato sempre meglio che fare la governante e servire qualcuno".

Mentre il canto gregoriano aumentava d'intensità, allungò la mano per afferrare l'ampolla con il veleno che avrebbe dovuto bere dopo aver dato un erede a Phalaris.

17

Valerio stava cercando di mettere a punto un piano per trovare il medaglione e propose a Debora di andare nel bosco di querce di Morlupo dove era stato con il padre quando era ancora un ragazzo.

«Se non ho capito male, il medaglione non si trova più lì. Lo avevate dissotterrato tempo fa» disse lei.

«È così, ma connetteremo la mia invenzione all'albero per cercare di scoprire qualcosa.»

Presero i mezzi pubblici per raggiungere la periferia della città, poi con il treno attraversarono la campagna fino alla stazione di Morlupo. In un emporio comprarono qualche vestito nuovo, un trapano con minuscole punte lunghe per perforare il legno e in più noleggiarono due biciclette per raggiungere il bosco. Valerio si ricordava del consiglio ricevuto dalla signora incontrata alla stazione di Roma che li aveva invitati a non utilizzare la carta di credito per non essere rintracciati dall'organizzazione di Phalaris, quindi pagò tutto in contanti.

Il ragazzo aveva testato la sua invenzione poche volte e non era certo che funzionasse a dovere. Nonostante con Debora cercasse di mostrarsi sicuro di sé, non sapeva nemmeno se la scelta di recarsi nel bosco di querce fosse quella giusta, tuttavia non disponeva di soluzioni alternative.

Giunsero di fronte all'albero secolare e il ragazzo usò il trapano per praticare i buchi per i sensori. Subito dopo, con qualche difficoltà perché gli tremavano le mani dall'emozione, fissò al polso lo schermo a fosfori verdi cercando di regolarne la luminosità. Inizialmente non apparve alcuna immagine. Debora rendendosi conto di quanto Valerio fosse agitato, gli pose una mano sulla spalla per sostenerlo ripetendo a bassa voce: «Accenditi, ti prego, accenditi, funziona, forza».

Improvvisamente apparve l'immagine sfocata di un piccolo uccello che proprio in quel momento era appollaiato sull'albero, allora fecero buchi più profondi e sullo schermo si videro due cacciatori mentre discorrevano animatamente, tuttavia senza l'ausilio del medaglione era impossibile udire le loro voci. Valerio spinse i sensori più in profondità e apparve l'immagine del padre quando anni prima si trovava lì con lui per dissotterrare lo scrigno contenente il medaglione. Si vide perfino il proiettile colpire la corteccia dell'albero.

«Tutto ciò è successo proprio qui e rivederlo mi fa un certo effetto» disse guardando Debora, poi aggiunse: «È accaduto anni fa, quando gli emissari del Fuoco Greco ci sorpresero di fronte a questo albero. Andai a casa da mia madre e insieme fuggimmo a Montemurlo dove rividi mio padre e incontrai Amaltea. Forse te l'ho già detto, ma ho molta nostalgia della mia governante».

«Lo so, dobbiamo sforzarci di essere forti, sono successe talmente tante cose.»

Dopo un momento di silenzio, Debora aggiunse: «Se non vedessi queste immagini con i miei occhi, stenterei a credere alla loro esistenza! Come possiamo servircene per trovare il medaglione?».

«Non lo so, fammi pensare. Mio padre disse che nel giorno della mia nascita proprio di fronte a questa quercia aveva pronunciato un discorso e infatti quando anni fa mi ha portato qui per la prima volta, sono riuscito ad ascoltarlo tramite il medaglione. Dobbiamo andare ancora più in profondità con il trapano e cercare le immagini di mio padre mentre nasconde ai piedi della quercia lo scrigno. In questo modo potremmo trovare un indizio, seppur piccolo.»

Il ragazzo allora mise sul trapano una punta lunga per raggiungere gli anelli di accrescimento più profondi, poi inserì i sensori. Sullo schermo apparvero le immagini di vari animali e perfino quella di due ragazzi mentre passeggiavano tenendosi per mano. Finalmente apparve il padre mentre, ancora giovane, stava scavando la buca per sotterrare lo scrigno. Nonostante la scena fosse interessante, non sembrava fornire alcun indizio utile. Dopo un po' Valerio spense la sua macchina e profondamente deluso per non aver trovato nulla, si sedette tenendosi la testa fra le mani. Debora lo esortò a tentare di nuovo.

«Fammi provare, vorrei aiutarti» disse lei cercando di fargli coraggio.

Non credeva che Debora riuscisse a trovare qualcosa, ma per non mancarle di rispetto l'accontentò riaccendendo la macchina. Apparve nuovamente l'immagine di Azoth mentre sotterrava lo scrigno. Debora provò a rallentarla e poi a riavvolgerla finché notò un particolare interessante. Sulla pala di cui si stava servendo l'uomo, erano incise due lettere che però a causa della bassa qualità dell'immagine non era possibile distinguere.

«Guarda qui!» esclamò Debora.

«Cosa c'è di strano? Si tratta della marca della pala, purtroppo non fornisce alcun indizio.»

«Puoi registrare queste immagini?»

«Sì, la mia invenzione è dotata di una memoria interna. Potremmo esaminare le immagini al computer aumentandone la risoluzione, ma a quale scopo? La nostra avventura termina qui. Siamo di fronte a un vicolo cieco, ora torniamocene in albergo.»

Durante il viaggio di ritorno verso Roma non dissero una parola. Entrambi si stavano ancora conoscendo ed erano piuttosto esitanti nella comunicazione perché temevano di dire qualcosa di sbagliato che avrebbe potuto infastidire l'altro. Debora stentava a mostrarsi intraprendente per timore di irritare Valerio, di cui aveva ancora un po' soggezione per via dell'illustre famiglia dalla quale proveniva; lui invece desiderava avere accanto una persona dinamica, capace di prendere l'iniziativa.

Giunsero in hotel e la ragazza con tono esitante disse: «Senti... hai inventato quella macchina portentosa, unica al mondo, per cui meriteresti di ricevere un premio. Non vorrei sembrare invadente o arrogante, ma mi piacerebbe aiutarti».

Nell'udire quelle parole, Valerio rispose: «Apprezzo la tua delicatezza. Non temo tu possa rubarmi la scena, in verità non ci penso nemmeno, piuttosto vorrei lavorare insieme a te».

I ragazzi erano molto garbati, cosa assai rara per i tempi in cui vivevano.

Debora rimase in silenzio nutrendo ancora qualche perplessità sul fatto di prendere o meno l'iniziativa.

Lui capì perfettamente cosa le passasse per la mente e volle rassicurarla dicendo: «Mia madre è il Capo Supremo della Confraternita degli Alberi in cui le donne rivestono un ruolo importante. Da quanto sono riuscito ad apprendere da Amaltea a Montemurlo, ma anche da quel che ho letto di nascosto su alcuni diari custoditi da mio padre, la Confraternita è guidata dalle donne perché incarnano Madre Natura con la quale condividono la stessa forza generatrice. Nella società moderna non si è raggiunta ancora la parità con la controparte maschile. Si parla tanto di diritti, ma alla fine gli uomini sono sempre in vantaggio, basta guardare le posizioni chiave nella politica e nelle aziende che sono occupate per lo più da uomini. Ecco, la nostra organizzazione invece supporta le donne tenendole in grande considerazione. La tua opinione conta molto per me, non temere mai di esprimerla».

Debora stava pian piano scoprendo il lato sensibile di Valerio. Non le era mai capitato di sentirsi così valorizzata e questo la faceva sentire speciale. Aveva una personalità timida, ma non voleva dare l'impressione di essere in imbarazzo, così si fece coraggio e sforzandosi di trovare una soluzione, propose: «Va bene, scarichiamo sul computer portatile la registrazione fatta nel bosco».

Valerio voleva darle fiducia anche se non pensava fosse utile analizzare le immagini immagazzinate nella memoria della sua invenzione.

Servendosi di un software, Debora riuscì a rendere le immagini meno sfocate e a ingrandire quella della parte metallica della pala su cui si distinguevano chiaramente le due lettere "C" e "M" e la frase "nulla è ciò che sembra". I ripetuti colpi per rimuovere la terra avevano fatto vibrare l'attrezzo, per questo ogni suo piccolo dettaglio era stato captato dall'albero e ora appariva nitido.

Valerio non intendeva smorzare l'entusiasmo della ragazza, ma allo stesso tempo non poteva evitare di fare appello alla sua proverbiale razionalità, quindi disse: «Mi sembra un buon inizio, anche se queste due lettere non possono condurci da nessuna parte perché sono solo quelle della casa produttrice della pala».

«Sei un pessimista cosmico!» esclamò lei con tono amorevole. In quel momento Valerio capì di doversi sforzare di essere ottimista così come lo era Debora che aggiunse: «Una volta stavo preparando un esame di storia e mi sono imbattuta in un libro dal titolo *Scienza nuova: Vademecum della elettromeopatia*.

«Mi fa piacere, ma cosa c'entra con la pala?»

«Il libro è stato scritto dal conte Cesare Mattei, nato nella prima metà dell'800 e considerato l'ultimo alchimista della storia. Fece edificare un castello a Bologna nelle cui sale campeggiano vari motti che indirettamente rimandano a quello presente sulla pala: nulla è ciò che sembra.»

«Un momento! Quando stavo scavando di fronte all'albero con mio padre, lui mi disse proprio: nulla è ciò che sembra e la stessa frase è stata pronunciata dalla signora che abbiamo incontrato alla stazione ferroviaria. Non può essere un caso. Le due lettere sulla pala non sono quelle della casa produttrice dell'attrezzo, ma le iniziali del nome e del cognome del conte Cesare Mattei! Abbiamo risolto il rebus. Cioè, hai risolto il rebus, devo dartene atto. Ora basterà tornare indietro nel tempo di un paio di secoli per andare a parlare con il conte» disse lui ironicamente.

Debora alzò gli occhi al cielo mostrandosi spazientita, ma subito dopo non poté fare a meno di ridere. «Zuccone! La pala ha un significato metaforico e con ogni probabilità si tratta di un dono fatto a tuo padre da uno dei discendenti del conte. Se scopriamo chi l'ha regalata a tuo padre, avremo una pista da seguire per trovare il medaglione!»

Valerio era più portato per i calcoli e le formule matematiche. La sua mente cercava sempre di ragionare in modo logico, sequenziale, sistematico, mentre Debora era l'opposto e anziché seguire un metodo rigoroso per arrivare a trarre delle conclusioni, preferiva servirsi del suo estro creativo e dell'intuito. Nonostante i due differenti orientamenti, quando i ragazzi stavano insieme erano in grado di prendere delle decisioni che nascevano sia da un ragionamento razionale che da uno più astratto e fantasioso. Fecero qualche ricerca su internet e scoprirono che al mondo esistevano solo tre oggetti simili a quello di cui si era servito Azoth per scavare. Il primo in oro massiccio era appartenuto alla regina Cristina di Svezia, il secondo era stato ritrovato in una villa situata a Roma sul colle Palatino nel rione Campitelli e donato a un museo, mentre il terzo era appartenuto proprio al conte Cesare Mattei. Egli nella seconda metà del XIX secolo aveva fatto costruire nel comune italiano di Grizzana Morandi un castello detto "Rocchetta Mattei" riempiendolo di simboli alchemici. Inoltre nell'800 aveva elaborato una teoria medica chiamata Elettromeopatia, mettendo a punto dei preparati composti da erbe, granuli medicanti e liquidi, detti "fluidi elettrici", in grado di guarire molte malattie.

«Siamo sulle tracce della medicina universale! Visto? Il conte con il suo metodo segreto curava le persone!» commentò Valerio con entusiasmo.

«Per quanto ne sappiamo la Confraternita degli Alberi non ha mai provato a servirsi del medaglione per trovare la medicina universale e non penso il conte ne fosse in possesso, tuttavia egli potrebbe aver fatto parte della Confraternita degli Alberi. Dobbiamo andare nel suo castello per trovare altri indizi.»

I due erano consapevoli che il proseguire nelle ricerche avrebbe comportato dei rischi, ma i genitori di Valerio erano in pericolo e bisognava trovare a tutti i costi il medaglione per avere almeno una possibilità di liberarli.

18

La mattina dopo Debora e Valerio presero il treno per Bologna dove avrebbero trovato il modo per raggiungere il vicino comune di Grizzana Morandi. Durante il viaggio scoprirono su internet altri fatti interessanti in merito al conte Cesare Mattei che, secondo le notizie raccolte, perse la madre a causa di un tumore. Tale evento lo sconvolse a tal punto da fargli perdere ogni fiducia nella medicina tradizionale e spingerlo a maturare la decisione di sviluppare l'Elettromeopatia che definì come "nuova medicina".

Prendendo spunto dagli studi di Christian Friedrich Samuel Hahnemann, fondatore della medicina alternativa chiamata omeopatia, il conte sviluppò una terapia servendosi di erbe curative e dei cosiddetti fluidi elettrici. Molte persone si recavano da lui per ricevere queste cure definite "miracolose" i cui procedimenti erano talmente segreti da non consentire a nessuno di poterli imitare. Il conte vendeva i suoi rimedi a un prezzo bassissimo proprio per dare l'opportunità a più persone possibili di poterne fare uso, inoltre curava gratuitamente chi non aveva denaro. Lungo e travagliato fu lo sviluppo di questa terapia che venne aspramente criticata dagli esponenti della medicina classica e da chi voleva continuare a vendere i rimedi a prezzi elevati; nonostante ciò, essa venne prodotta all'interno di un laboratorio segreto della Rocchetta Mattei e distribuita tramite 107 depositi sparsi negli Stati Uniti, in Belgio, Cina, Svizzera, Francia, Russia, Argentina e in tanti altri Paesi.

Perfino il famoso scrittore Dostoevskji fece cenno all'Elettromeopatia nel suo romanzo dal titolo *I fratelli Karamàzov*, nel quale il diavolo afferma di essere stato guarito dai reumatismi grazie a un libro e alle gocce del conte Mattei.

La stessa Regina Vittoria d'Inghilterra, una volta verificata l'efficacia dei rimedi, ne concesse la commercializzazione nel suo Paese e in tutte le colonie.

Alla base dell'Elettromeopatia vi erano alcuni granuli composti da erbe medicinali, suddivisi in base al loro effetto benefico come per esempio quelli anticancerosi o febbrifughi. Essi venivano utilizzati in combinazione con alcuni liquidi chiamati dal conte "fluidi elettrici" ripartiti in base alla loro polarizzazione come il Fluido dell'Elettricità Rossa (+ +) o quello dell'Elettricità Verde (- -).

Durante il viaggio in treno, Debora lesse a voce alta un articolo tratto da un sito internet: «Alla morte del conte Mattei il suo collaboratore Mario Venturoli continuò la produzione riuscendo anche a far aumentare il numero dei depositi in tutto il mondo. Quando anch'egli morì, il segreto dei preparati elettromeopatici fu ereditato da sua moglie. Se i rimedi non avessero funzionato, nessun personaggio noto dell'epoca si sarebbe preso la briga di accordarne la commercializzazione e, tra gli altri, perfino l'Imperatrice Elisabetta d'Austria - detta Sissi - si servì dell'Elettromeopatia. In seguito alla Seconda guerra mondiale il declino dell'azienda fu inevitabile. L'Elettromeopatia non fu mai riconosciuta come scienza attendibile anche perché gli stessi rappresentanti della medicina ufficiale continuarono a contrastarla con ogni mezzo».

Facendo come sempre appello al suo rigoroso modo di ragionare, Valerio interruppe la ragazza dicendo: «Forse questa pratica aveva una sorta di effetto placebo sulla gente. Servono prove scientifiche e da quel che ho capito, in questo caso non ne abbiamo».

«Non sono d'accordo. Il nostro corpo è continuamente attraversato da impulsi elettrici e secondo me il conte si serviva proprio dell'elettricità per veicolare le sostanze benefiche delle piante direttamente all'area malata. Aveva inoltre capito come l'acqua avesse una memoria e se ne serviva per rendere efficaci i suoi preparati. Ti invito ad approfondire l'argomento dell'acqua e delle sue capacità di ritenzione dei "ricordi", secondo me questo era uno dei segreti del conte. Comunque ora fammi leggere qualche altra notizia. Ecco! Senti qui: "Papa Pio IX concesse a Cesare Mattei la possibilità di sperimentare i medicamenti a Roma nell'Ospedale di Santa Teresa dove in solo due mesi, grazie ad essi, si sono potute curare più di dodicimila persone. A comprovare questi dati è stato il primario dell'ospedale

Professor Luigi Pascucci, in un suo libro pubblicato nel 1870".»

Ancora una volta i due ragazzi si trovavano in disaccordo, ma pian piano, nonostante non volessero ammetterlo, stavano modificando il loro modo di vedere le cose. Valerio cominciava a considerare ogni ipotesi non scientifica, mentre Debora iniziava a ragionare in modo più sistematico.

Giunti alla stazione di Bologna vennero avvicinati da un uomo ben vestito con indosso un abito ottocentesco di colore scuro, con un gilet di raso e una camicia bianca dai bottoni neri chiusa all'altezza del collo da un laccio di cuoio. Si trattava di un tipo sulla sessantina con la barba grigia e i capelli a spazzola brizzolati. Per camminare si aiutava con un bastone e dava l'impressione di essere un uomo distinto.

«Vi stavo aspettando» disse con tono pacato, quasi paterno.

Valerio non rispose perché sospettava che si trattasse di un uomo inviato dal Fuoco Greco, anche se dal modo in cui era abbigliato sembrava far parte della Confraternita degli Alberi. In più il ragazzo aveva la sensazione di averlo già visto prima di allora.

Non avendo ricevuto risposta, l'uomo li invitò a farsi avanti dicendo: «Capisco la vostra diffidenza. Vi teniamo d'occhio sin da quando siete arrivati in Italia. Mi chiamo Pierre Euric e faccio parte della Confraternita degli Alberi. Più precisamente il mio compito è quello di proteggere il luogotenente generale dal quale mi piacerebbe condurvi. Si chiama Maria e, tra l'altro, è mia moglie. Posso chiedervi dove siete diretti?».

Mostrandosi diffidente, Debora si limitò a scuotere la testa senza rispondere alla domanda.

Comprendendo i timori della ragazza, egli disse: «Nulla è ciò che sembra. Conosco bene Azoth e Livia. Vi prego di fidarvi di me».

«Va bene» disse Valerio suscitando la meraviglia di Debora che lo fulminò con lo sguardo. Facendosi coraggio, il ragazzo disse tutto d'un fiato: «Siamo diretti alla Rocchetta Mattei» poi rivolgendosi alla compagna aggiunse: «Non abbiamo altra scelta, siamo soli e di qualcuno dobbiamo pur fidarci».

Pierre rispose: «Il castello del conte Mattei sta per chiudere ai turisti e questo è il momento migliore per visitarlo senza essere notati da occhi indiscreti. Immagino stiate cercando delle risposte e forse mia moglie Maria può aiutarvi».

I due seguirono Pierre fino alla macchina. Debora sentiva crescere la rabbia, trovava piuttosto ingenuo il fatto di essere costretta a fidarsi di quello sconosciuto che avrebbe potuto condurli in bocca al Fuoco Greco.

Durante il viaggio la ragazza volle verificare se Pierre fosse realmente al corrente della missione della Confraternita degli Alberi e se avesse delle cognizioni di botanica o quantomeno conoscesse qualcosa sull'argomento della natura, quindi chiese: «Sa dirmi esattamente qual è il compito della Confraternita e se conosce qualcosa in particolare sulle piante?».

In quel momento il trillo del telefono cellulare dell'uomo irruppe nell'abitacolo ed egli si limitò a rispondere dicendo: «Rocchetta Mattei. Ci vediamo lì tra cinquantacinque minuti».

Con una calma serafica rispose alla domanda della ragazza. «Immagino che tu voglia sapere se sono a conoscenza del medaglione. Ebbene sì, so a cosa serve e il Gran Maestro Azoth lo tiene accuratamente nascosto. Il secondo quesito non è volto tanto a conoscere se so qualcosa del mondo vegetale, quanto a verificare se ne so abbastanza per far parte della Confraternita degli Alberi. L'accontento subito. Nonostante molte persone considerino le piante al pari di oggetti privi di qualsiasi capacità comunicativa, noi la pensiamo diversamente. Esse interagiscono in continuazione tra di loro e lo fanno anche con gli animali. Sappiamo che sono perfino capaci di provare delle emozioni simili a quelle degli esseri umani. Essi hanno dimenticato come comunicare con le piante, cosa che in tempi antichi facevano giornalmente: ora sono come disconnessi dalla natura. Secondo voi come è potuto accadere? Come mai se ne sono allontanati?»

I due ragazzi non sapevano cosa rispondere, quindi rimasero in silenzio per consentire al loro interlocutore di proseguire con la spiegazione.

«Beh, gli esseri umani hanno deciso di indossare le scarpe con le suole di gomma e in questo modo si sono disconnessi dal terreno. Ciò li ha allontanati dalla natura, con la quale oggi non colloquiano più. Camminare a piedi nudi apporta notevoli benefici alla salute perché la terra ha una carica elettrica ed energetica: in poche parole è un campo magnetico. Anche il corpo umano emana energia e le suole delle scarpe la bloccano impedendo lo scambio con quella della terra. Ce lo ricorda perfino San Francesco d'Assisi nel suo *Laude Creaturarum*.»

«Lo conosco» disse Valerio «i miei genitori me lo leggevano quando ero piccolo. Ora tutto comincia ad avere un senso. Il religioso loda il Signore per aver donato al mondo la luna, le stelle, il vento, l'acqua e tutto il resto. Tra le tante meraviglie del creato, San Francesco menziona proprio la terra con cui esorta l'umanità a essere in comunione.»

Pierre si sorprese della cultura del ragazzo e disse: «Hai ripreso tutto dai tuoi genitori. Comunque... dov'ero rimasto. Ah, sì! Un cardiologo americano di nome Stephen Sinatra ha notato che i disturbi dei suoi pazienti sembravano accentuarsi nei giorni in cui si verificavano eruzioni solari o in quelli di luna piena. Decise quindi di capirne di più e dopo essersi formato a dovere, divenendo un esperto di questi fenomeni insoliti, comprese come gli esseri umani dipendono dalla natura più di quanto si possa pensare».

«Lessi qualcosa sul suo conto, anche se ora non ricordo bene dove. Mi pare che Sinatra sia intervenuto perfino in una conferenza sull'elettromedicina» disse Valerio.

«Esattamente, ragazzo. Alcuni studi scientifici hanno dimostrato che gli esseri umani sono come dei conduttori. Sulla Terra gli elettroni vengono alimentati dai fenomeni naturali come quello dei fulmini, delle radiazioni solari, dell'attrazione lunare, dell'energia proveniente dal centro del pianeta, ecc. Insomma, ognuno di noi ne è immerso. Perciò la Terra è carica di elettricità così come lo sono gli esseri umani che, secondo alcune teorie, manifesterebbero dei sintomi negativi proprio perché non essendo più a contatto con la terra non sono connessi con il flusso naturale del pianeta. Quando si tocca la terra con i piedi nudi, il corpo viene immediatamente saturato dagli elettroni: ciò non avviene se si indossano scarpe di gomma che isolano dal terreno.»

«Ecco perché quando ero piccolo i miei genitori mi portavano in campagna a passeggiare a piedi nudi. Avevo quasi rimosso questo ricordo, ma ora tutto ha un senso.»

«Proprio così. La Terra è in grado di guarire gli esseri umani e di ripristinare lo stato elettrico naturale del loro corpo. Inoltre il contatto con il terreno abbassa i livelli di cortisolo, anche detto "ormone dello stress", che se sono elevati rendono difficile il sonno e contribuiscono a creare i problemi di salute. Non vorrei annoiarvi, ma non posso esimermi dall'essere puntuale nelle mie descrizioni. Se volete mi fermo qui.»

«Non si preoccupi, l'argomento è interessante, inoltre, in qualche modo dobbiamo ingannare il tempo. Vada avanti» lo esortò Debora.

«Va bene. Come vi ho detto prima, l'energia elettrica della superficie del nostro pianeta è una grande fonte di particelle subatomiche caricate negativamente chiamate elettroni. Quando si rimuovono le scarpe o ci si sdraia a terra, questi elettroni entrano immediatamente nel corpo dove assorbono i radicali liberi caricati positivamente che sono i responsabili dei processi d'infiammazione cronica. Ecco perché secondo alcuni studiosi le malattie sono anche dovute a una carenza di elettroni. Non siamo poi tanto diversi dagli alberi: i nostri piedi sono come radici e oltre a consentirci di camminare, servono per metterci in contatto con la Terra.»

«Si potrebbe condurre uno studio sulle radici delle piante per comprendere se sono anch'esse soggette a questi processi» disse Valerio con slancio.

«Hai la stessa curiosità di tua madre. Lei ha già svolto varie ricerche in questo campo, ma ora non parliamo di questo. Per concludere: il Dottor Sinatra, a cui ho fatto cenno prima, ha dimostrato che dopo aver connesso il nostro corpo con la terra, i globuli rossi che erano riuniti in un coagulo, indicando così una patologia cardiovascolare, invece si erano distribuiti in maniera più uniforme. Inoltre con il progresso ci siamo sempre più circondati di strumenti elettronici come i forni a microonde, i router per la rete internet senza fili, i telefoni cellulari che ci espongono a interferenze difficili da scaricare a terra soprattutto se non si cammina a piedi nudi.»

«Interessante» disse Debora. Non era ancora sicura di potersi fidare di quell'uomo. Sembrava preparato sull'argomento trattato, ma si era soffermato poco a parlare delle piante. Se fosse stato davvero un affiliato della Confraternita degli Alberi doveva per forza saperne qualcosa al riguardo, quindi la ragazza volle fargli qualche altra domanda per metterlo alla prova. «Potrebbe dirci qualcosa di più specifico in merito alle piante?»

Guardando Valerio dallo specchietto retrovisore, Pierre disse: «È un osso duro la tua amica eh!».

Tornò a concentrarsi nella guida, poi rispose alla domanda. «Va bene. Quanto vi dirò è stato provato da vari studi scientifici. Vi esorto ad approfondirli per conto vostro. Come vi ho già detto gli esseri umani si sono disconnessi dalla natura, cosa che non hanno fatto gli animali che a volte nella loro semplicità dimostrano più buon senso di noi cosiddetti "esseri evoluti". Per esempio i canti degli uccelli all'alba non sono solo dei richiami d'amore e non sono diretti esclusivamente ai loro simili. Vi sembrerà strano, ma i canti vibrano a una frequenza tale da promuovere la crescita delle piante sulle cui foglie sono presenti dei pori microscopici chiamati "stomi" che consentono l'ingresso dell'anidride carbonica, così come l'uscita dell'ossigeno. In poche parole, il canto degli uccelli contribuisce ad aprire maggiormente gli stomi. In questo modo la pianta espelle più ossigeno e assorbe con più facilità l'acqua e le sostanze nutritive. Potrei continuare descrivendovi gli effetti benefici del canto degli uccelli sull'essere umano o le straordinarie capacità comunicative delle piante, ma preferisco fermarmi qui. Quanto vi ho detto dimostra che gli animali, le piante e gli esseri umani sono connessi tra di loro più di quanto si possa pensare. Se fossimo più vicini alla natura, con la quale per migliaia di anni abbiamo vissuto in stretto rapporto di reciprocità, risolveremmo molti dei nostri problemi, compresi quelli legati alla salute mentale e fisica.»

Debora sembrava soddisfatta della spiegazione ricevuta anche se nutriva ancora dei sospetti nei confronti di Pierre perché poteva essere un emissario del Fuoco Greco particolarmente informato sulle cose della natura.

Dopo un po' la macchina giunse in vista dell'elegante castello in stile medievale e moresco che da uno sperone di roccia dominava il paesaggio circostante.

19

Nonostante in un primo momento Amaltea avesse afferrato l'ampolla con il veleno, ripromettendosi di berne il contenuto dopo aver dato un figlio a Phalaris, ebbe un ripensamento. Inizialmente la sua personalità accondiscendente l'aveva indotta a pensare di potersi sacrificare per il Fuoco Greco, poi invece provò una profonda paura. Per questo venne rinchiusa nella cella dove si trovavano Livia e Azoth, il quale fu torturato e non poté fare a meno di rivelare dove fosse nascosto il medaglione. Phalaris aveva tenuto in vita i suoi prigionieri solo per il gusto di mostrar loro la medicina universale di cui presto sarebbe entrato in possesso.

Il capo del Fuoco Greco era a un passo dalla vittoria e non appena raggiunto il suo scopo avrebbe trovato un'altra compagna disposta a mettere al mondo un figlio.

Phalaris ritenne di avere tutto il tempo per impossessarsi del medaglione e trovare la medicina universale, quindi pensò bene di organizzare un'adunanza con i dignitari del Fuoco Greco per metterli al corrente del fatto di essere a un passo dall'annientare la Confraternita degli Alberi. Così facendo avrebbe rassicurato i suoi uomini ottenendo da loro un nuovo giuramento di fedeltà.

Amaltea cercò di giustificarsi con i due coniugi, ma entrambi preferirono non rivolgerle la parola. Livia teneva tra le mani la testa del marito tentando di lenirgli il dolore causato dalle torture. Aveva sempre portato avanti con grande dedizione il compito di guidare la Confraternita degli Alberi, ma era stanca. Sin da quando era piccola la madre, di nome Giulia, l'aveva preparata per assolvere quel compito. A differenza di Phalaris che aveva vissuto lontano dai coetanei, Livia aveva speso la sua infanzia in modo sereno, circondata dagli amici; nonostante ciò, l'importante incarico rivestito da Giulia alla guida della Confraternita aveva avuto un impatto sulla crescita della figlia. La madre era sempre impegnata a pianificare qualcosa o ad assicurarsi di non essere in pericolo e per questa ragione Livia non la vedeva spesso. Quando Giulia sospettava di essere stata individuata dall'Organizzazione del Fuoco Greco, si trasferiva in un'altra città costringendo la figlia a cambiare scuola e amicizie. Il padre era morto quando Livia era ancora una bambina e questo aveva contribuito a farle spesso sperimentare una sensazione di solitudine.

Ogni giorno Giulia parlava alla figlia di quanto fosse importante vivere in sintonia con le piante. Una volta le disse: «Dobbiamo essere riconoscenti per tutte le cose buone che danno agli esseri umani come l'ossigeno, la frutta e tanto altro. Grazie alla loro costante opera ci consentono di vivere, ma spesso vengono tagliate selvaggiamente per fare spazio a nuove aree urbane o per soddisfare le richieste di legname delle industrie. L'umanità non si prende cura del posto in cui ha visto la luce. Oggigiorno si pensa che per essere felici bisogna possedere una grande quantità di oggetti di cui, in realtà, non si ha affatto bisogno. Per produrli però si inquina la Terra. Ricorda: la felicità si raggiunge quando si vive dell'essenziale e non del superfluo».

Alla bambina piaceva ascoltare la madre mentre con i suoi discorsi le faceva scoprire il mondo. Livia adorava camminare a piedi nudi, perché quando non era costretta ad indossare un paio di scarpe, come a scuola o in tante altre situazioni, si sentiva libera. Non appena stava qualche ora a piedi nudi fuori casa, perfino la sua allergia sembrava attenuarsi.

Un giorno la madre la condusse davanti a un albero e le disse di toccare il fusto con la mano, poi le chiese se avesse udito una voce o se il contatto con la corteccia le avesse suscitato qualche emozione. La bambina scosse la testa e disse di non aver sentito nulla. Giulia sperava che la figlia fosse quella di cui parlava l'antica profezia, cioè colei in possesso della capacità di interagire con gli alberi senza dover ricorrere all'ausilio del medaglione, ma le sue speranze si erano appena infrante perché dalle risposte della figlia capì che non disponeva di alcun potere.

Il seme gettato nel corso degli anni da Giulia germogliò e Livia decise di studiare botanica. Quando frequentava l'università conobbe Azoth, un ragazzo alto, dalle spalle larghe e dai modi gentili ereditati dalla famiglia illustre da cui discendeva. Tra i due nacque l'amore e presto si fidanzarono, ma sin da subito cominciarono i problemi perché Livia non sapeva come rivelare al ragazzo dell'esistenza della Confraternita degli Alberi e di quale importante ruolo rivestisse la madre. Il tempo passò e quando stavano progettando il loro matrimonio la ragazza lo mise al corrente della Confraternita, del medaglione e della medicina universale. Giulia aveva consigliato alla figlia di condividere tutto ciò solo dopo le nozze, ma Livia la pensava diversamente perché riteneva di dover essere sincera sin da subito con Azoth. Nonostante lui stentasse a credere all'incredibile storia raccontatagli dalla fidanzata, si disse disposto ad affrontare qualsiasi difficoltà pur di poterla sposare.

L'amore di due giovani è spensierato, incosciente e, si sa, a volte non dà ascolto ai consigli della parte razionale del cuore, ma la scommessa fu vinta; i due si unirono in matrimonio e Azoth con il tempo abbracciò in pieno la causa della Confraternita degli Alberi cercando sempre di sostenere la moglie. Dall'amore dei due sposi nacque Valerio. Livia a causa di alcuni problemi di salute fu sottoposta a un intervento chirurgico e non poté avere altri figli. Non avendo avuto un erede di sesso femminile, avrebbe continuato a guidare la Confraternita con l'appoggio del marito. Nessun uomo aveva mai ricoperto il ruolo di Capo Supremo dell'organizzazione, perciò Valerio sarebbe potuto diventare, così come il padre, Gran Maestro, ma mai avrebbe potuto sostituire la madre nelle sue mansioni. Con grande dolore Livia si rassegnò al fatto di non poter mettere al mondo la donna di cui parlava l'antica profezia.

Nella penombra della fredda cella, Amaltea provò nuovamente a giustificarsi con Livia ma lei la interruppe dicendo: «Sappiamo tutto, ci hai traditi! Dopo quello che abbiamo fatto per te!».

«A casa vostra non mi sentivo libera perché dovevo servirvi. Ho colto l'occasione di migliorare il mio status economico, di essere trattata come una regina. Volete farmene una colpa?»

«Ti abbiamo fatto addirittura studiare trasformandoti in una donna colta! Ti avevamo offerto un lavoro e tu l'hai accettato, tutto qui. Senza contare che sei stata accolta a braccia aperte all'interno della Confraternita. Ecco dove ti ha condotta la tua sete di potere. Entrando a far parte di un'organizzazione maschilista non hai tradito solo noi, ma tutte le donne.»

Nella cella scese nuovamente il silenzio e per placare la rabbia, Livia cominciò a pensare a una cerimonia a cui aveva preso parte molti anni prima.

All'epoca si trovava nella sua casa romana e aveva lasciato il figlio con Amaltea per andare a presiedere insieme al marito una cerimonia della Confraternita a circa un'ora di macchina da dove vivevano. Arrivarono all'imbrunire proprio nel momento in cui il sole era calato dietro la cima di una montagna per lasciare all'oscurità la possibilità di affacciarsi sul mondo. Percorsero un sentiero all'interno di un bosco di betulle raggiungendo una radura delimitata tutt'intorno da alti alberi che le conferivano il vago aspetto di un anfiteatro. Ad attenderli c'erano numerose persone con indosso abiti eleganti in stile ottocentesco. Alcune di esse stavano accendendo un fuoco al centro di un cerchio di pietre grigie.

La cerimonia si aprì con un discorso pronunciato da Livia sull'importanza di essere in armonia con la natura dalla quale l'uomo moderno si era allontanato. Ricordò a tutti come fosse innaturale allevare milioni di animali solo per ucciderli e usarli come cibo, così come utilizzare senza criterio la tecnologia che ella paragonò al canto di una sirena in grado di irretire l'animo umano a tal punto, da indurre le persone a votarsi al consumismo più sfrenato.

Le rocce disposte tutt'intorno erano lambite dai rigagnoli d'acqua di un torrente. I presenti si tolsero le scarpe immergendovi i piedi e cominciarono a ballare per omaggiare i quattro elementi, ovvero acqua, fuoco, aria e terra con cui in quel momento stavano interagendo.

A prima vista quella cerimonia poteva sembrare una danza tribale, seppur messa in atto da persone appartenenti a diverse religioni. Alcune di loro avevano tra le mani strani oggetti di metallo, cavi al loro interno, simili nella forma ai tamburi, su cui facevano scorrere l'acqua per generare un suono con una frequenza rilassante, come quella emessa dal rumore della pioggia. Gli abiti eleganti simboleggiavano l'evoluzione umana nel corso dei secoli mentre le danze rappresentavano la natura tribale e genuina insita in ogni essere umano.

Vennero distribuiti vari rotoli di papiro contenenti le parole dei Canti Hurriti e una loro breve descrizione che diceva: “Questi canti vennero scritti in caratteri cuneiformi su tavolette d’argilla e sono tra i più antichi del mondo, databili al 1400 avanti Cristo. Lasciatevi trasportare dalle parole”.

Da tempo immemore la Confraternita si serviva di quei canti per entrare in comunione con la natura. Non appena la luna cominciò la sua scalata verso le stelle, Livia intonò il canto Hurrita per Nikkal, l’antica dea dei frutteti, sposa del dio lunare Yarikh.

Al termine della cerimonia furono piantati dieci piccoli alberi proprio per significare la volontà della Confraternita di voler contribuire al continuum della vita sulla Terra.

Il ricordo di quell’episodio scaldò un po’ il cuore di Livia che nella fredda cella in cui era rinchiusa, cominciò a cantare per la dea Nikkal. Il marito, ancora dolorante per le ferite, fece lo stesso seppur mantenendo un tono di voce più basso.

Nell’udire quel canto le difese psichiche di Amaltea crollarono e proprio come se le fosse caduto un velo dagli occhi, si rese conto di non avere agito bene. Si lasciò andare ad un pianto accorato, pentendosi di aver tradito la Confraternita degli Alberi e i due coniugi che l’avevano accolta in casa dandole fiducia.

20

Pierre aprì le porte dell'automobile per far scendere i ragazzi e con loro si diresse a piedi verso l'ingresso della Rocchetta Mattei caratterizzata da splendide torri ed alte mura. Mentre attraversava le varie sale, Valerio notò i simboli lasciati qua e là dal conte Mattei, come se fossero degli indizi messi lì apposta per chi fosse stato in grado di coglierli. Tra gli altri, si potevano notare alcune croci Templari, rose, pigne, gigli, pellicani e cupidi. L'attenzione dei due ragazzi venne catturata da una lastra di marmo che sembrava essere stata posta lì di recente con la frase: "Nulla è ciò che sembra". Si scambiarono uno sguardo complice pur rimanendo in silenzio.

Pierre li condusse attraverso varie stanze, poi nella torre Pentagonale e nella Sala Rossa con la volta costellata da decine di piramidi rovesciate. Egli volle fornire qualche dettaglio in più in merito alla storia di quel posto menzionando sia una strana pietra con un foro al centro, come un cerchio, collocata nel cortile esterno della Rocchetta, sia altre cose fuori dall'ordinario tra cui gli enigmatici archi della cappella. Raccontò ai ragazzi che il papà di Valerio era un appassionato degli studi condotti dal conte Mattei. Azoth aveva così insistentemente cercato di riprodurre i rimedi elettromeopatici da spendere intere giornate a studiare la cristallografia, l'elettromagnetismo, la piezoelettricità e i fenomeni naturali come quelli delle radiazioni solari e dell'attrazione lunare. Secondo i racconti di Pierre, Azoth voleva trovare una cura efficace per le varie malattie che affliggono il genere umano. In cuor suo era come se si sentisse in colpa di non poter diffondere la medicina universale, quindi si era sforzato di trovare dei rimedi per aiutare comunque l'umanità.

I ragazzi vennero condotti nella Sala della Visione dove proprio di fronte a un affresco di notevole fattura, li attendeva una donna dalla carnagione color ebano con indosso un lungo abito verde dal collo plissettato e i capelli fermati dietro la nuca da uno spillone con incise le lettere "C" e "M". Non indossava le scarpe e questo non solo ricordò a Valerio quel che aveva raccontato Pierre durante il tragitto in auto, ma gli riportò anche alla mente alcuni episodi della sua infanzia e in particolare di quando camminava in campagna a piedi nudi insieme ai genitori.

Dopo aver ringraziato Pierre per aver condotto i ragazzi da lei, la donna con voce profonda disse: «Il figlio di Azoth e Livia. Non avrei mai pensato di incontrarti».

Subito dopo si rivolse verso Debora facendo un cenno con il capo per salutarla.

«Mi chiamo Maria e rivesto un ruolo di responsabilità all'Interno della Confraternita degli Alberi. Veniamo subito al dunque: cosa vi ha condotto qui?»

«Una mia invenzione ci ha portato qui...»

Debora non intendeva svelare alla donna il motivo della loro visita, perciò interruppe Valerio dicendo: «Alcuni indizi ci hanno condotto alla Rocchetta. Il nostro interesse è puramente accademico e siamo qui per sapere se il conte Cesare Mattei avesse scoperto e commercializzato la medicina universale».

Valerio aveva la sensazione di avere già visto da qualche parte la donna con l'abito verde, poi si ricordò dell'episodio accaduto anni prima quando si era nascosto dietro la tenda dello studio del padre. In quell'occasione lei era accompagnata proprio da Pierre.

«Soddisferò subito la vostra curiosità. Nonostante il conte avesse trovato un rimedio efficace contro molte malattie, egli non disponeva della medicina universale. Aveva studiato anatomia e in particolare si era concentrato sulla conducibilità elettrica nel corpo umano, riuscendo a comprendere come rendere efficaci i suoi rimedi. La natura ci offre una vasta gamma di piante curative, ma il loro effetto non è abbastanza potente se non ha un mezzo per raggiungere il male. Dunque il conte capì di avere bisogno di un "veicolo" come quello rappresentato dall'elettricità. Servendosi forse del magnesio e del potassio e di alcuni elettrodi "caricava" i suoi rimedi che, sfruttando l'elettricità e la memoria dell'acqua, veicolavano nell'organismo le sostanze benefiche naturali di cui erano costituiti.»

«Sebbene non fosse in possesso della medicina universale, il conte Mattei rivestiva un ruolo di responsabilità all'interno della Confraternita degli Alberi?» chiese Debora.

«Non faceva parte della nostra organizzazione che da sempre ha avuto come capo una donna, tuttavia egli era un amico intimo del Capo Supremo. A quel tempo si chiamava Flavia ed è un'ava di Valerio. Abbiamo avuto anche dei sostenitori famosi come il sommo Dante Alighieri che, insieme ad altri, faceva parte di un movimento poetico chiamato Stil Novo nel quale la figura della donna era paragonata a quella di un essere superiore a cui si attribuivano qualità straordinarie. Nella Divina Commedia perfino Virgilio, cioè un uomo, scompare sulla cima della montagna del Purgatorio per essere sostituito dalla figura femminile di Beatrice. La celebrazione delle doti spirituali della donna avviene in molte opere degli stilnovisti con metafore, simboli e significati nascosti interpretabili in vari modi. Comunque immagino che non siate qui per conoscere la storia della Confraternita degli Alberi. Giusto?»

«Esatto» disse Valerio «vorremmo saperne di più sul conte Mattei per poter procedere con la nostra ricerca. Cosa può dirci su di lui? Venendo qui ho notato molti simboli. Era forse un massone?»

«Se non volete dirmi cosa state cercando, difficilmente potrò aiutarvi. Vi dirò qualcosa in merito al conte Mattei. Egli faceva parte dell'Ordine segreto che va sotto il nome di Rosacroce. Secondo la tradizione, esso non ha una conformazione simile a quella di una loggia con affiliati che partecipano periodicamente agli incontri. Il segreto dell'Ordine Rosacrociano, quello che gli ha consentito di sopravvivere per secoli senza mai essere scoperto, risiede proprio nella sua natura astratta, molto simile a un credo religioso. Chi vi appartiene non ha bisogno di riunirsi con altri confratelli, ma professa ogni giorno il suo credo rifacendosi alle linee guida dell'Ordine i cui membri hanno un sottile modo per riconoscersi e, all'occorrenza, aiutarsi a vicenda.»

«Non mi è chiaro. Come possono comunicare tra di loro se non si conoscono e non si incontrano mai?»

«Abbi pazienza giovanotto, te lo spiego subito. Ogni giorno gli appartenenti all'Ordine usano i mass media per scambiarsi messaggi che possono essere compresi solo da chi sa interpretarli. Come vi ho già detto, la mancanza di una sede nella quale svolgere gli incontri e l'assenza di una qualsiasi struttura "piramidale" composta da maestri e apprendisti, ha permesso all'Ordine di sopravvivere nei secoli rimanendo celato agli occhi dei più.»

Debora provava un certo fastidio perché non stava ricevendo alcuna informazione per trovare il medaglione, quindi tentò di andare dritta al punto dicendo: «Mi sembra una storia abbastanza strana. Come può sopravvivere un'organizzazione di questo tipo senza una struttura gerarchica? Come si diventa un Rosacroce? Forse se ci dà queste informazioni potremmo andare dalla persona giusta a porre i nostri quesiti».

«Hai troppa fretta, come tutti i giovani, ma vedo nei tuoi occhi anche una grande sete di conoscenza. Vi dirò quello che so, ma prima dovrete avere un quadro completo. Non esiste nessun processo di ammissione ufficiale per entrare nell'Ordine Rosacroce, anzi, ciò avviene per autodeterminazione. In poche parole si sceglie, proprio come farebbe un fedele di una qualsiasi religione, se credere o non credere, se sentirsi parte dell'ordine o meno, se seguire una "regola di vita" rifacendosi ai suoi dettami o se vivere in tutt'altro modo. In tal senso, l'Ordine è più assimilabile a una fede o ad un credo che per sopravvivere non ha bisogno di un'organizzazione terrena gerarchica, strutturata e poco flessibile, come quella di alcune religioni. La sua peculiarità sta proprio in questo e cioè che per vivere in un vero *Collegium Fraternitatis* non si ha bisogno di capi e sottoposti, così come invece avviene in molte religioni.»

«Sui Rosacroce penso di aver capito abbastanza. Puoi dirmi come posso riconoscerne uno quando lo incontro?»

Fu Pierre a intervenire dicendo: «Non è così complicato. Tutti i Rosacroce sono professionisti disposti a offrire gratuitamente i loro servigi a chi non ha denaro. Perciò se ti trovi di fronte qualcuno oltremodo altruista, che si rivela scettico nei confronti dell'ordine negandone l'esistenza, usa un linguaggio simbolico, si interessa delle scienze naturali, esalta l'immagine femminile venerando le donne, fa citazioni latine, perché non dimenticate che il diavolo non ama il latino, allora con buona probabilità hai di fronte un appartenente all'Ordine Rosacroce. Principalmente è composto da chi crede in Dio, ma non nell'organizzazione che si sono date le varie religioni sulla Terra. In buona sostanza si tratta di sperimentatori, proprio come il conte

Cesare Mattei, che tramite la scienza e la ragione cercano di illuminare il cammino degli esseri umani. Tra i tanti membri appartenuti all'Ordine Rosacroce sono annoverati personaggi di spicco come Dante Alighieri, Leonardo da Vinci, Michelangelo Buonarroti, Isaac Newton».

Valerio aveva appreso abbastanza in merito all'Ordine Rosacroce di cui il conte Cesare Mattei era stato membro; non poteva rivelare a Maria il motivo della loro visita, ma fu proprio lei a spiazzarlo ponendogli una domanda. «Siete qui per scoprire dov'è nascosto il medaglione, vero?»

I ragazzi non erano molto bravi a mentire, perciò si limitarono a scuotere la testa, ma Maria sapeva già tutto e aggiunse: «In merito ai tuoi genitori, Valerio, abbiamo notizie frammentarie. Sappiamo che li hanno rapiti e faremo di tutto per liberarli. Non posso impedirvi di portare avanti la vostra ricerca, nonostante ritenga che il medaglione debba rimanere lontano dagli esseri umani. Phalaris avrà trovato il modo per farsi dire dov'è nascosto e anche io sto lavorando con la Confraternita per riuscire a scoprire dove si trova. Azoth e Livia qualche anno fa mi dissero che se fossero stati catturati, avrei dovuto mettermi sulle tracce del medaglione per trovarlo e tenerlo al sicuro. In particolare Azoth mi disse: "Preferirei essere ucciso piuttosto che far cadere nelle mani sbagliate il medaglione. È molto difficile scoprire dove si trova, ma se riuscissi a trovarlo non devi assolutamente utilizzarlo come merce di scambio per darmi la libertà, piuttosto nascondilo"».

«Non mi interessa nulla dello scopo della Confraternita o cosa ti abbia ordinato di fare mio padre. Io voglio solo liberare i miei genitori mentre tu vuoi rintracciare il medaglione per evitare che cada nelle mani del Fuoco Greco!» disse con tono alterato Valerio.

«Capisco come ti possa sentire. Anche io desidero più di ogni altra cosa la liberazione di Azoth e Livia, ma la Confraternita degli Alberi ha delle priorità e non posso disubbidire a un ordine impartitomi dal Gran Maestro. Non ti ostacoleremo, anzi ti supporteremo, perché sei sempre il figlio del nostro capo. Procedi per la tua strada così come noi procederemo per la nostra. Qualche giorno fa abbiamo perlustrato questo castello da cima a fondo senza trovare alcun indizio in merito al medaglione. Potrete girare indisturbati per la Rocchetta, ma solo per questa notte perché domani riaprirà ai turisti. Toglimi un'ultima curiosità. Tuo padre ti ha mai parlato della profezia?»

Piuttosto esitante, Valerio rispose: «Diversi anni fa quando eravamo nel bosco mi disse che un giorno sarebbe nata una bambina con il potere di interagire con gli alberi senza dover ricorrere all'ausilio del medaglione».

«Tutto qui?» chiese Maria lanciandogli uno sguardo indagatore.

«Non mi ha detto altro.»

«Un giorno una fanciulla sarà in grado di udire la voce degli alberi semplicemente poggiando la mano sul loro fusto e riuscirà a salvare la natura dall'ingorda mano degli esseri umani. Comunque per il momento è bene non aggiungere altro sull'argomento. È tempo di andare, vi auguro ogni bene: Virtus et Honor.»

Anche Pierre salutò i ragazzi consegnando loro del denaro in contanti, due torce elettriche e un paio di passaporti falsi. Disse che di fronte al castello era parcheggiata un'automobile di cui potevano disporre, poi fece strada a Maria per accompagnarla all'uscita.

21

Debora e Valerio erano stanchi. Si trovavano in un grande castello e non sapevano da dove cominciare le ricerche. Avendo raccolto abbastanza informazioni sul conte Mattei, decisero di passare in rassegna i vari simboli soprattutto quelli Rosacrociani e Templari.

Impiegarono tutta la notte a cercare qualche indizio che potesse metterli sulla strada per rinvenire il medaglione, ma nonostante avessero perlustrato molte sale, non erano riusciti a ottenere alcun risultato. Iniziarono a pensare di trovarsi in un vicolo cieco e di dover abbandonare ogni speranza, quando giunsero di fronte alla tomba del conte Cesare Mattei sulla quale erano rappresentate tre croci templari e alcune iscrizioni che fornivano sufficienti indizi su cui ragionare. Debora lesse ad alta voce la prima: «Stelle di IX grandezza». Subito dopo passò alla seconda: «Diconsi stelle di XVI grandezza e tanto più lontane sono che la luce loro solo dopo XXIV secoli arriva a noi».

Valerio disse: «Abbiamo due elementi: le stelle e le croci templari. Tutte e tre le Cantiche della Divina Commedia si concludono con la parola "stelle". L'Inferno termina con "e quindi uscimmo a riveder le stelle", il Purgatorio invece con "puro e disposto a salire le stelle" mentre il Paradiso con "l'amor che move il sole e l'altre stelle". Mio padre me le ha fatte studiare fino allo sfinimento!».

«Ma certo!» esclamò Debora afferrando il telefono per fare una breve ricerca in internet e leggere ad alta voce: «Nella Divina Commedia Papa Niccolò III profetizza la dannazione per simonia di Papa Clemente V, che con la sua bolla pontificia *Vox in excelso* nel 1312 sciolse l'Ordine dei Templari. Sempre nella Divina Commedia e più precisamente nel Purgatorio, il capostipite dei capetingi biasima il suo discendente Filippo il Bello anch'egli responsabile dello scioglimento dell'Ordine dei Templari. Sia le stelle che le croci templari raffigurate sulla tomba conducono alla Divina Commedia».

Presi dall'euforia di essere vicini a trovare una soluzione all'enigma, i due si abbracciarono e si guardarono dolcemente negli occhi. Sebbene il loro amore fosse nato da poco, con spensierato entusiasmo e un pizzico di imprudenza, stavano assaporando il momento sublime della scoperta reciproca, dove perfino i difetti dell'altro sembrano ammantati da un'aura di bellezza.

Debora sospirò, staccando a fatica lo sguardo dal suo fidanzato. Sapendo di avere poco tempo a disposizione, fece un'altra ricerca su internet trovando finalmente la soluzione all'enigma.

«Nell'iscrizione sulla tomba compaiono i numeri romani: 9, 16, 24. Potrebbero corrispondere ai versi 9 e 16 del Canto della Divina Commedia numero 24.»

Lesse sul telefono alcuni passi del Canto 24 del Paradiso soffermandosi sui versi compresi tra il 9 e il 16. In particolare lesse la parafrasi dei versi dal 10 al 12: «Così disse Beatrice e quelle anime gioiose formarono dei cerchi con i centri fissi e ruotarono fiammeggiando, simili a comete».

«Un momento!» esclamò Valerio «sulla tomba del conte Mattei si fa riferimento alle stelle che sono dei corpi celesti e in quei versi della Divina Commedia sono citate le comete, anch'esse corpi celesti. È solo una coincidenza? Forse è un indizio lasciatoci dal conte per guidarci ulteriormente verso l'opera di Dante Alighieri, inoltre nei versi che hai letto si parla di cerchi. Abbiamo visto dei cerchi qui nel castello?»

«In realtà nel castello non ne ho visti, ma quando Pierre ci ha condotti qui ha fatto cenno a una strana pietra con un foro al centro, come un cerchio, ubicata nel cortile esterno della Rocchetta.»

«Dobbiamo andare lì!»

Pietra forata presente nel cortile esterno della Rocchetta Mattei

Recatisi fuori dal castello, trovarono sotto un albero di quercia una pietra piatta conficcata verticalmente nel terreno con un foro circolare nel centro.

Valerio espresse una certa preoccupazione perché nutriva dei sospetti su Pierre e Maria. «Ci hanno lasciato andare con troppa facilità. Anche loro sono sulle tracce del medaglione e forse ci stanno osservando.»

«Potrebbe essere così, ma non abbiamo tempo da perdere. Sbrighiamoci!»

Con il trapano a mano fecero dei minuscoli buchi sul tronco della quercia per connettervi i sensori ottici e i recettori vibranti. Subito sullo schermo cominciarono ad apparire le immagini di alcuni animali, poi quelle di varie persone tra cui un uomo con i baffi a spazzolino e i capelli scuri pettinati da una parte.

«Cesare Mattei!» esclamò Valerio. Il conte si trovava in piedi proprio davanti alla pietra. Intorno a lui c'erano varie persone con indosso abiti eleganti che con ampi gesti delle mani lo esortavano ad attraversare il foro circolare. In particolare uno di loro aveva tra le mani un bastone decorato da un serpente attorcigliato. Gli alberi intorno erano spogli, quindi i ragazzi dedussero che quell'episodio fosse avvenuto durante la stagione invernale. Quel giorno i raggi del sole centravano perfettamente il foro che il conte riuscì ad attraversare facendo prima passare le braccia, poi la testa, il busto e le gambe.

I ragazzi non capivano bene cosa significasse il rito a cui stavano assistendo e gli sarebbe piaciuto avere più tempo per osservarlo, ma l'alba era quasi giunta, così Valerio tirò un poco i sensori e apparvero le immagini di alcuni soldati con indosso la divisa dell'esercito tedesco che stavano trafugando dal castello molti candelabri, tappeti e quadri. Debora cercò brevemente su internet e ottenne la conferma che durante la Seconda guerra mondiale la Rocchetta venne occupata dai tedeschi.

Valerio si rese conto di dover nuovamente tirare verso di sé i sensori per assistere agli avvenimenti più recenti. Dopo vari tentativi, finalmente vide apparire sullo schermo l'immagine del padre mentre stava scavando ai piedi della quercia con la pala recante sia la frase "nulla è ciò che sembra" sia le due lettere "C" e "M". Il ragazzo rimosse i sensori mettendosi a scavare con le mani proprio ai piedi dell'albero e Debora fece altrettanto servendosi di un sasso appuntito. Lo strato superiore del terreno era soffice, ma quello inferiore sembrava più duro, quindi i ragazzi utilizzarono le punte del trapano per frantumarlo. Dopo poco udirono un suono secco, come se avessero colpito un oggetto di legno.

«Ci siamo!» esclamò Debora aiutando Valerio a rimuovere la terra per portare alla luce uno scrigno. Quando lo aprirono trovarono un drappo color porpora impreziosito dal ricamo di tre gigli dorati, al cui interno era custodito il medaglione di rame.

«Finalmente! Sai quando tuo padre l'ha sotterrato qui?» chiese la ragazza con tono entusiasta.

«Non ne ho idea. Forse lo ha fatto prima di fuggire negli Stati Uniti. Difficile a dirsi. Non so nemmeno come mai abbia scelto questo posto, ma posso immaginarlo visto il suo interesse per i rimedi del conte Mattei e la vicinanza di un castello così particolare.»

In quel momento, con loro grande sorpresa, videro avvicinarsi gli uomini del Fuoco Greco perciò si misero a correre fino a raggiungere l'automobile della quale aveva parlato Pierre che era parcheggiata di fronte al castello. Per loro fortuna nessuno era rimasto a sorvegliare i vicini veicoli degli uomini del Fuoco Greco.

"Bene" pensò Valerio "ora dobbiamo solo capire come salvare i miei genitori." Dopo aver frugato ovunque in cerca delle chiavi, si fecero prendere entrambi dall'ansia visto che i loro assalitori si stavano avvicinando pericolosamente. Finalmente nel vano portaoggetti trovarono quel che stavano cercando e partirono sgommando. Dopo poco i suv del Fuoco Greco furono alle calcagna dei due ragazzi.

22

Dallo specchietto retrovisore Valerio vide comparire l'auto di Pierre che mandò fuori strada i veicoli degli assalitori, tuttavia, anziché fermarsi, accelerò tentando di tamponare l'utilitaria dei ragazzi.

«Lo sapevo!» esclamò Debora «Pierre e Maria mi erano sembrati troppo gentili! Vogliono prendere il medaglione per nasconderlo.»

Svoltarono bruscamente imboccando una stradina di campagna e quando Pierre si avvicinò nuovamente, Valerio sterzò facendolo finire contro una staccionata.

I ragazzi non avevano una meta precisa, volevano solo allontanarsi da lì il prima possibile. Durante il viaggio tentarono di fare il punto della situazione. Dovevano trovare un modo per liberare i genitori di Valerio, ma allo stesso tempo intendevano impossessarsi della medicina universale.

Debora era dell'idea che non avrebbero potuto fare entrambe le cose, ma sorprendentemente fu Valerio a essere ottimista e a trovare una soluzione creativa, dicendo: «Contatteremo Phalaris per dirgli che tra dieci giorni gli daremo il medaglione in cambio dei miei genitori. Nel frattempo useremo la mia invenzione per trovare la medicina universale. In questo modo gli uomini del Fuoco Greco non solo libereranno gli ostaggi, ma pur disponendo del medaglione non potranno mai arrivare alla medicina che sarà già in nostro possesso».

Il piano escogitato sembrava buono, ma entrambi sapevano di dover affrontare ancora molte difficoltà. Decisero di nascondere la macchina in un bosco e di attendere l'arrivo della sera. Avrebbero poi sfruttato l'oscurità per arrivare a Montemurlo e lasciare un messaggio a Phalaris.

Valerio era molto preoccupato per la sorte dei genitori e sperava che non gli fosse accaduto nulla di spiacevole. Aveva bisogno di essere confortato, perciò strinse la mano di Debora. Lei sapeva bene quanto l'altro fosse triste, nonostante non volesse darlo a vedere. I due si abbracciarono rimanendo in silenzio perché le parole, in quel momento, sarebbero state superflue.

Quella stessa sera Phalaris si trovava nella villa di Montemurlo e stava pensando al momento in cui avrebbe ucciso i suoi prigionieri, quando gli venne data una notizia estremamente importante.

23

Phalaris venne informato da un suo uomo che il tentativo di recuperare il medaglione alla Rocchetta Mattei era fallito, inoltre apprese della fuga di Valerio e la ragazza. Difficilmente Phalaris cedeva alla rabbia, tuttavia in quell'occasione non riuscì a trattenersi e scagliò un pesante posacenere contro il vetro della finestra mandandolo in frantumi, poi cominciò a prendere a calci una pila di riviste, ma si calmò di colpo quando il suo interlocutore gli disse: «Signore! Signore abbia pazienza, c'è dell'altro. Sul selciato davanti al cancello della villa abbiamo rinvenuto una busta contenente un messaggio scritto da Valerio».

«È stato qui? Dì alle truppe di perlustrare immediatamente l'area! Il ragazzo potrebbe essere ancora nei paraggi.»

«Lo farò certamente anche se non sappiamo se la busta l'abbia lasciata lui, ad ogni modo formula delle richieste e penso dovremmo prenderle in considerazione.»

«Questo lascialo giudicare a me» rispose l'altro togliendogli un foglio dalle mani. Dopo averlo esaminato disse: «Tra dieci giorni ci daranno il medaglione in cambio dei prigionieri. Vogliono che lo scambio avvenga in un luogo affollato e più precisamente a Firenze davanti alla Cattedrale di Santa Maria del Fiore, a mezzogiorno in punto. Porteremo lì i prigionieri e non appena entreremo in possesso del medaglione li uccideremo».

Se da una parte Valerio e Debora avevano astutamente deciso di andare in cerca della medicina universale, dall'altra non erano riusciti a prevedere di poter essere uccisi in un luogo pubblico. Ingenuamente pensavano che il mescolarsi ai gruppi di turisti all'esterno della Cattedrale li avrebbe tenuti al sicuro.

24

I due ragazzi si stavano dirigendo con l'automobile verso il fiume Rubicone che fu varcato dal condottiero Gaio Giulio Cesare tra il 10 e l'11 gennaio del 49 a.C.

Quando Valerio era ancora bambino aveva assistito dal suo nascondiglio dietro la tenda alla conversazione tra il padre, Maria e Pierre; in quell'occasione si ricordava di aver sentito nominare il generale romano Gaio Giulio Cesare, inoltre quando molti anni prima si trovava con il padre davanti al grande albero per dissotterrare il medaglione, si sentì dire: "Una leggenda narra che nel corso del tempo il medaglione sia stato nascosto in vari posti, perfino ai piedi di un albero situato nei pressi del Rubicone, il famoso fiume attraversato da Gaio Giulio Cesare e dai suoi legionari". Valerio cominciava a non credere più alle coincidenze e tutti gli indizi sembravano condurre al posto dove il grande condottiero romano era passato con il suo esercito.

Dopo qualche ora giunsero nel comune di Savignano sul Rubicone in Emilia Romagna, dove nei pressi di un ponte romano perfettamente conservato si ergeva la statua di Gaio Giulio Cesare. Sarebbe stato impossibile scoprire il punto esatto in cui egli attraversò il fiume perché la morfologia del territorio nel corso dei secoli era mutata, ma ai ragazzi bastava trovare un albero secolare da cui farsi narrare la storia dei tempi antichi. Ne esaminarono diversi, tuttavia dopo avervi connesso la macchina di Valerio riuscirono solo a visualizzare le immagini di qualche animale selvatico. Si erano ripromessi di usare anche il medaglione, ma solo se fossero riusciti a vedere delle immagini interessanti cosa che accadde quando raggiunsero il famoso nocciolo dell'Aia a Savignano di Rigo. Si tratta di una pianta molto antica situata nei pressi della casa padronale dove aveva vissuto il valoroso tenente dell'esercito italiano Decio Raggi, decorato della medaglia d'oro al valor militare nella Prima guerra mondiale.

Le dimensioni dell'albero erano impressionanti, tanto da lasciare a bocca aperta chiunque vi si trovasse di fronte. I due dovettero attendere che alcuni escursionisti lasciassero il posto, per avvicinarsi e collegare la macchina di Valerio al fusto. Sullo schermo apparvero molte immagini tra cui quelle di un cadavere con indosso abiti seicenteschi che penzolava con una corda al collo da un ramo dell'albero, di tre bambini mentre giocavano lì intorno, di una coppia di giovani amanti con vestiti cinquecenteschi che si baciavano appassionatamente e infine quelle di una battuta di caccia al cinghiale. Con i sensori Valerio raggiunse gli anelli di accrescimento più profondi per visualizzare le immagini di due persone dall'aspetto nobile che venivano derubate dai briganti, poi finalmente fece la sua comparsa sullo schermo l'immagine di un soldato romano con indosso l'elmo, il pettorale di bronzo, il giavellotto, detto *pilum*, lo scudo, il gladio a lama larga a doppio taglio e la *lorica hamata* ovvero la corazza di maglia fatta di anelli. A quel punto Valerio decise di collegare alla sua invenzione anche il medaglione e un'espressione di meraviglia gli apparve sul viso.

Studiare gli avvenimenti del passato sui libri di storia appassiona molte persone, così come è altrettanto affascinante visitare i siti archeologici sparsi nel mondo, ma vedere un soldato romano morto da migliaia di anni e udire la sua voce, è davvero un'esperienza meravigliosa.

«*Aulus Hirtius, mala tempora currunt sed peiora parantur*» disse il legionario al suo comandante di legione mentre piegava la mantella da viaggio chiamata *paenula.*

«Cosa ha detto?» chiese Valerio.

«È latino, ma non posso tradurlo senza un vocabolario. Aspetta, ho un'idea!» rispose Debora tirando fuori dalla tasca il telefono e aprendo un'applicazione in grado di tradurre la voce del legionario dal latino all'italiano.

Valerio mosse leggermente i sensori e sullo schermo della sua invenzione apparve nuovamente il legionario, ma questa volta la sua voce venne captata dall'applicazione installata nel telefono di Debora che la tradusse nel modo seguente: «Aulo Irzio, corrono tempi cattivi, ma se ne preparano di peggiori».

Il comandante di legione rispose: «*Audi, vide, tace, si tu vis vivere*» che venne tradotto dall'applicazione con: «Ascolta, osserva e taci, se vuoi vivere». Subito dopo lesse a voce alta un breve testo scritto su una pergamena: «*Exceptus est Caesaris adventus ab omnibus municipiis et coloniis incredibili honore atque amore. Tum primum enim veniebat ab illo universae Galliae bello. Nihil relinquebatur quod ad ornatum portarum, itinerum, locorum omnium qua Caesar iturus erat excogitari poterat*».

L'applicazione del telefono non captò bene la voce del comandante, allora Valerio dovette riavvolgere la scena per fare un altro tentativo. Così fu tradotta: «L'arrivo di Cesare fu accolto da tutti i municipi e da tutte le colonie con incredibile onore e amore. Solo allora, infatti, ritornava per la prima volta dopo la guerra combattuta in tutta la Gallia. Nulla fu tralasciato di quanto si poteva escogitare per ornare le porte, le vie, i luoghi in cui Cesare doveva passare».

Non appena il comandante ebbe finito di leggere il testo scritto di suo pugno in cui immaginava il trionfale rientro di Cesare a Roma, sentì avvicinarsi qualcuno. Distolse brevemente lo sguardo dalla pergamena, poi scattò sull'attenti esortando il suo compagno a fare lo stesso.

Si trattava di Giulio Cesare in persona! Guardando il legionario e il comandante, egli li apostrofò dicendo: «Verrà il tempo del riposo, miei fidi soldati. In voi ho riposto ogni speranza di vittoria per la guerra appena conclusa e vi sono riconoscente più di quanto riusciate a immaginare. Quando questa notte guarderete il cielo, provate a contare le stelle. Ecco, ognuna di esse rappresenta la fiducia che ho riposto in voi. Sono io a esservi fedele: ricambio la vostra fedeltà con la fedeltà. Ora però raccogliete le vostre cose perché non c'è tempo da perdere. Quando sarete a casa potrete vivere una vita beata fino al momento in cui sarete chiamati a riposare nel paradiso dei guerrieri all'ombra delle spade e della gloria eterna».

Il legionario si portò la mano sul cuore facendo un inchino, mentre il comandante mosse appena il capo per indicare di aver afferrato il messaggio. Entrambi si allontanarono proprio nel momento in cui giunse un uomo con un'armatura decorata che dava l'impressione di essere un ufficiale.

Cesare gli si rivolse dicendo: «Mio fido amico, ho interrogato gli alberi e mi hanno rivelato che la medicina universale per curare tutti i mali si trova a Creta nel villaggio di Vouves. Sembra sia lì da tempo immemore. Ho udito una conversazione tra due filosofi che in passato si erano fermati a riposare sotto l'albero su cui ho utilizzato il medaglione. Non so chi fossero, uno di loro diceva di chiamarsi Ermete. Parlava di Creta e dell'eterna medicina capace di guarire tutti i mali».

«Oh, audace condottiero, in questo modo Roma sarà invincibile e potremo difendere i suoi confini con truppe sempre in perfetta salute.»

«Placa il tuo entusiasmo Tito Labieno, prima dobbiamo tornare a Roma per risolvere una contesa, solo allora potrò andare a Creta per interrogare l'albero e scoprire dov'è nascosta la medicina universale.»

«Ti suggerisco di fare come dice il Senato, lascia l'esercito qui e recati a Roma da solo, oh grande condottiero.»

«Le tue parole sono dolci come di miele, ma odorano di veleno. Se rientrassi a Roma da solo verrei incarcerato o, peggio, ucciso. Ho difeso i confini di Roma e il popolo mi è riconoscente per questo. Il Senato mi teme, anzi, teme il consenso che ho tra il popolo e vuole certamente smantellare la mia fazione dei *populares*. Tu mi hai dato un consiglio poco saggio. Attento Labieno perché io amo il tradimento, ma odio il traditore.»

Quando il condottiero romano rimase da solo, sotterrò il medaglione ai piedi dell'albero.

Valerio raccontò a Debora che un tempo il fiume Rubicone segnava il confine tra Roma e la Gallia Cisalpina e ai generali non era consentito di attraversarlo con il loro esercito per dirigersi a Roma. Gaio Giulio Cesare con i suoi legionari aveva tenuto a bada le popolazioni barbare che altrimenti si sarebbero coalizzate e prima o poi avrebbero raggiunto Roma. Una volta conclusa la Guerra in Gallia, alcuni senatori romani, temendo il crescente consenso del condottiero tra il popolo, fecero molte pressioni sul Senato per far ordinare a Giulio Cesare di congedare l'esercito, di rimettere i poteri della Gallia Cisalpina e di fare ritorno a Roma da solo.

Intuendo il complotto ordito nei suoi confronti dal Senato, il condottiero passò il confine rappresentato dal Rubicone insieme al suo esercito con alla testa la Legio XIII Gemina, contravvenendo all'ordine del Senato Romano. Tornò a Roma e in seguito a una guerra civile per sconfiggere i suoi avversari politici, divenne il capo indiscusso.

Debora aveva ascoltato il racconto con grande interesse anche se già conosceva quei fatti. La cultura del suo fidanzato l'affascinava perché spaziava dall'ingegneria alla storia. Non resistette all'impulso e sotto la chioma di quell'albero antico lo baciò appassionatamente.

Lui sapeva quanto la ragazza gradisse sentirsi raccontare i fatti storici o apprendere anche qualcosa di fisica, chimica o ingegneria elettronica, così disse: «Se questo è l'effetto che ti ha fatto il mio racconto, allora stavo pensando di raccontarti tutta la storia dell'Impero Romano, più quella degli egiziani e dei persiani!».

«Sei proprio uno scemo» disse lei con tono amorevole.

25

I due ragazzi decisero di servirsi dei passaporti falsi ricevuti da Pierre per recarsi con l'aereo nell'isola di Creta a cui Giulio Cesare aveva fatto cenno. Vi giunsero il giorno stesso e noleggiarono un'auto per raggiungere l'albero millenario di Vouves. Durante il tragitto, Valerio volle parlare nuovamente di Pierre e Maria e del fatto che con troppa facilità gli avessero fornito i passaporti, i soldi e la macchina: «Loro non sapevano che il medaglione si trovasse alla Rocchetta o, meglio, lo immaginavano ma fino a quel momento non erano riusciti a trovarlo. Ci hanno fornito il supporto necessario per condurre le nostre ricerche sia in Italia che all'estero con l'intento di pedinarci e al momento buono di impossessarsi del medaglione».

Debora disse: «Non si sono comportati bene, però dobbiamo anche sforzarci di comprendere il loro punto di vista perché hanno dimostrato di essere persone estremamente fedeli. Azoth aveva dato degli ordini precisi e loro li hanno eseguiti alla lettera. Nel caso in cui l'avessero rapito, Pierre e Maria si sarebbero dovuti mettere sulle tracce del medaglione per trovarlo prima di Phalaris. Se fossero riusciti nell'impresa, non avrebbero dovuto cederlo al Fuoco Greco nemmeno in cambio della liberazione di Azoth. Tuo padre si è comportato da eroe, mettendo al primo posto la Confraternita degli Alberi».

Valerio le strinse la mano, pur rimanendo in silenzio. Era carico di risentimento verso il padre perché non lo aveva ritenuto idoneo a ricoprire il ruolo di Gran Maestro della Confraternita, tuttavia le parole di Debora lo avevano spinto a rivalutare il suo comportamento.

Giunsero presso l'albero millenario di Vouves. Si tratta di un ulivo monumentale la cui età è al centro di un dibattito tra gli studiosi, infatti alcuni sostengono abbia circa 2000 anni, mentre altri ritengono sia lì da 4000 anni.

Badando di non essere visti, i due ragazzi praticarono con il trapano a mano alcuni minuscoli buchi sul tronco dell'albero e vi inserirono i sensori della macchina inventata da Valerio a cui collegarono il medaglione. Per fare in modo di non dare nell'occhio, coprirono il tutto con un giacchetto. Dopo poco i fili cominciarono a vibrare e a restituire il suono di un temporale, mentre sullo schermo apparvero le immagini di alcuni cretesi con indosso delle tuniche bianche. L'applicazione installata sul telefono di Debora faticava a tradurre la lingua parlata dagli abitanti di quei luoghi e restituiva solo alcuni frammenti delle parole captate.

In particolare sullo schermo videro le immagini di un uomo mentre era impegnato a convincere una donna a trasferirsi nelle colonie Cretesi della Sicilia e dell'Etruria, poi si videro due persone con abiti sontuosi mentre leggevano un messaggio proveniente da Atene che li invitava a unirsi alla battaglia contro gli invasori Persiani guidati da Serse. In seguito a un lungo dibattito, i due deliberarono di rimanere neutrali e di non inviare l'esercito in supporto di chi gli stava chiedendo aiuto.

Dopo poco si vide un uomo con la barba sostare sotto l'albero e fermarsi a discorrere con un suo discepolo a cui si rivolgeva chiamandolo Filippo di Opunte. Con lui parlava del sistema educativo cretese e gli ordinò, nell'eventualità in cui fosse morto improvvisamente, di trascrivere su una tavoletta di legno ricoperta di cera la sua opera dal titolo *Leggi*.

L'altro annuì, dicendo: «Sì, maestro».

«Si tratta del grande filosofo Platone! Non posso crederci, ho la pelle d'oca!» esclamò Valerio.

Il traduttore di Debora sembrava funzionare meglio e cominciò a restituire frasi di senso compiuto. Il discepolo disse a Platone: «A volte le leggi favoriscono la corruzione che è figlia del desiderio di possedere il denaro. In questo modo si commettono le ingiustizie».

«Mio giovane discepolo, il capolavoro dell'ingiustizia è di sembrare giusta senza esserlo. La libertà consiste nell'essere padrone della propria vita e nel fare poco conto delle ricchezze. Ricorda: per il bene degli Stati sarebbe opportuno che i filosofi diventino re o che i re diventino filosofi».

La scena cambiò nuovamente e sullo schermo si vide un drappello di soldati egiziani combattere contro i cretesi, poi apparvero le immagini di un generale romano chiamato Quinto Cecilio Metello mentre spronava le sue truppe ad attaccare una città per recuperare la "medicina universale".

Poco dopo la figura del generale lasciò il posto a quella di un uomo intento a discorrere con una donna di temi religiosi. Egli disse di chiamarsi Paolo di Tarso e di essere sbarcato sull'isola per salvarsi da una tempesta. Questo avvenimento era stato interpretato come un segno divino e gli aveva fatto maturare la decisione di evangelizzare gli abitanti di Creta.

«San Paolo!» esclamò Debora trattenendo il fiato per la forte emozione provata.

Rapidamente seguirono le immagini dei crociati impegnati in una battaglia avvenuta proprio davanti all'albero, al termine della quale due di loro dissero di aver rinvenuto la medicina universale e di essere intenzionati a portarla in Francia.

Evidentemente non vi riuscirono perché subito dopo sullo schermo si videro due cavalieri Teutonici che dissero di aver spedito in Italia la "medicina per guarire ogni male". Menzionarono un porto situato nel sud della Penisola e un luogo che, al giorno d'oggi, ricade nel comune di Ostuni in Puglia.

Si videro poi le immagini di un bombardamento e dell'avanzata dell'esercito turco a cui si opposero le truppe inviate da vari Paesi. Valerio e Debora rimasero ancora a osservare lo schermo fino ad arrivare agli episodi avvenuti nell'arco della storia recente e in particolare durante la Seconda guerra mondiale quando la Germania attaccò Creta. Si videro due paracadutisti tedeschi parlare tra di loro e Debora dovette nuovamente agire sul traduttore per riuscire a capire cosa stessero dicendo. Uno dei due soldati fece cenno alla medicina universale affermando che Hitler era ossessionato dal pensiero di recuperarla e per questo aveva voluto invadere Creta. Secondo i due soldati il Generale della Luftwaffe Kurt Student era stato incaricato dal Fuhrer di sovrintendere agli scavi nei pressi di alcuni siti archeologici dell'isola proprio per trovarla. Circolava anche la voce che fosse stata nascosta insieme all'antico medaglione nell'Italia del Sud, ma non si aveva alcuna certezza al riguardo.

I due ragazzi rimasero ancora a osservare lo schermo senza però scoprire null'altro di interessante. Fino a quel momento avevano pensato che a parte il Fuoco Greco, nessun'altra organizzazione avesse mai saputo dell'esistenza del medaglione e della medicina universale, invece si resero conto di come entrambi gli oggetti fossero stati a lungo contesi. Ciò li indusse a comprendere fino in fondo il motivo per il quale la Confraternita degli Alberi seguisse rigide regole per tenere al sicuro il suo segreto.

Gli unici ad aver dato delle indicazioni precise in merito alla medicina universale erano stati i due cavalieri Teutonici, quindi Debora e Valerio decisero di seguire quella pista e di andare in Puglia.

Dall' aeroporto di Creta partirono subito per l'Italia dove affittarono un'automobile per raggiungere il comune di

Ostuni, nelle cui campagne si erge l'ulivo millenario soprannominato "Imperatore" per via della sua maestosità. Ha una circonferenza di circa otto metri e dà l'impressione di essere saldo come una torre. Dato che l'albero si trovava su un terreno privato, i due ragazzi decisero di attendere la sera per avvicinarsi in tutta tranquillità senza essere notati da occhi indiscreti. Nel frattempo andarono a comprare qualche vestito e due valigie. Inoltre decisero di acquistare anche vari attrezzi per scavare. Non erano sicuri che gli sarebbero potuti servire, ma non volevano ritrovarsi a dover rimuovere la terra con le mani o con le punte del trapano, così come accaduto alla Rocchetta Mattei.

26

Phalaris si trovava in un hotel al centro di Roma e fremeva per entrare in possesso del medaglione. Ancora doveva capacitarsi del fatto che due ragazzi inesperti glielo avessero sottratto da sotto il naso. Tra pochi minuti avrebbe dovuto parlare ai dignitari del Fuoco Greco di vari argomenti e informarli anche sullo status delle ricerche del medaglione.

Un uomo vestito di bianco era sul podio della sala conferenze e si preparava a leggere i dati di un bilancio fittizio proiettati sul grande schermo dietro di lui. Phalaris entrò nella cabina di regia e cominciò a parlare al microfono per far giungere la sua voce agli auricolari dei dignitari. Come già avvenuto in passato, chi fosse entrato casualmente nella sala conferenze avrebbe pensato di assistere a un convegno di finanza; in realtà i dignitari non ascoltavano la lettura dei dati da parte dell'uomo vestito di bianco, ma il messaggio di Phalaris che giungeva a loro attraverso gli auricolari. Questa volta però tutti indossavano anche degli occhiali. Un osservatore esterno li avrebbe potuti scambiare per normalissimi occhiali 3D, utili per assistere alla presentazione dei grafici sullo schermo, ma in realtà sulle lenti veniva mostrata l'immagine di Phalaris mentre pronunciava il suo discorso. Egli in quel momento si stava riferendo a un'antica profezia dicendo: «Tra pochi giorni entreremo in possesso del medaglione e sapete quanto ciò è importante per tutti noi. Secondo la profezia, in una notte di luna piena, nascerà una bambina con il potere di interagire con gli alberi. Assumerà il nome di Arboram e avrà la facoltà di assorbire la conoscenza di ogni pianta senza servirsi del medaglione. Sarà la nuova Madre Natura, colei che salverà la Terra dall'inquinamento. Tramite gli alberi saprà ogni cosa del mondo passato e utilizzerà le sue conoscenze per preservare la natura dal disastro a cui andrà incontro a causa dei danni provocati dall'eccessivo consumismo moderno».

Phalaris spinse un pulsante per far apparire negli occhiali dei dignitari l'immagine creata con l'intelligenza artificiale di una donna che rappresentava Arboram. Aveva i capelli color miele con alcune ciocche attraversate orizzontalmente da una trama maculata composta dai colori verde scuro, nero e sabbia, molto simile al pattern mimetico di alcune divise militari. Nelle immagini la si vedeva poggiare la mano sulla corteccia di un albero per udire la storia di eventi passati.

Uno dei dignitari, un tipo corpulento da poco unitosi al Fuoco Greco, si alzò in piedi e guardando verso l'uomo vestito di bianco che leggeva i dati finanziari, domandò con tono stizzito: «Come possiamo credere a queste sciocchezze?».

Nella sala scese il silenzio. Un cameriere dell'hotel stava mettendo una bottiglia d'acqua in un cestello del ghiaccio e rimase a guardare la scena con la bocca spalancata. Il signore vestito di bianco, come se non avesse udito quel commento, continuò a leggere i dati mentre Phalaris rispose tramite il microfono: «L'uomo medio moderno giudica impossibili molte cose come la stessa esistenza del medaglione, quella della medicina universale oppure il fatto che gli alberi riescano a comunicare tra di loro e abbiano una memoria. Nonostante io sia scettico in merito alla veridicità della profezia, non posso ignorarla. Uno dei nostri obiettivi è quello di carpire i segreti degli alberi tramite il medaglione per farci raccontare la storia dell'umanità. Quando ciò sarà avvenuto, distruggeremo ogni pianta per rimanere gli unici depositari di quella conoscenza. In questo modo domineremo il mondo nel quale è un bene che dilaghi l'ignoranza perché così possiamo meglio influenzare le masse e vendergli qualsiasi prodotto».

«Cosa c'entra questo con la bambina della profezia?» chiese nuovamente il corpulento dignitario con tono provocatorio.

Il cameriere stava sistemando una tovaglia e si bloccò sul posto guardando l'uomo vestito di bianco, chiedendosi come mai egli stesse presentando un bilancio di previsione e qualcuno dalla platea gli avesse posto una domanda su una certa "profezia".

Phalaris rispose al dignitario dicendo: «Evidentemente non la vediamo allo stesso modo ed è un peccato. Se qualcuno è in grado di colloquiare con gli alberi senza il medaglione, significa che può rubarci la conoscenza e noi non vogliamo dividerla con nessuno. Pensiamo ai tesori antichi che potremmo rinvenire se solo interrogassimo gli alberi, oppure immaginiamo quanti segreti potrebbero rivelarci. Conosco persone disposte a pagare una fortuna pur di conoscere la verità su un determinato fatto storico. Potremmo udire le parole del re di Sparta, di Archimede, Galileo Galilei, Leonardo da Vinci e tanti altri. Faremo tremare il mondo, compresi i fedeli delle varie religioni. Noi e solo noi saremo i dispensatori della verità!».

Al termine dell'incontro con i dignitari nell'hotel, Phalaris raggiunse la sua macchina. Prima di salire a bordo disse al segretario di "sistemare il dissidente" cioè l'uomo corpulento che aveva posto le due domande provocatorie durante l'incontro appena concluso.

L'altro rispose con un cenno d'assenso, poi andò di corsa a prendere l'automobile e la parcheggiò di fronte all'ingresso dell'hotel. Stava piovendo a dirotto e la visibilità non era buona, ma appena vide uscire il dignitario lo pedinò fino al grande cancello della sua abitazione.

L'indomani sui giornali fu pubblicata la notizia della scomparsa del dignitario che era a capo di una famosa casa farmaceutica. Da quel giorno di lui non si ebbero più notizie.

27

Debora e Valerio arrivarono di fronte all'ulivo millenario cosiddetto "Imperatore". La sua maestosità li lasciò di stucco, così come l'ampiezza della chioma. Il tronco intrecciato dava davvero l'impressione di poter raccontare al mondo ogni segreto della storia passata e delle persone transitate da quelle parti nel corso dei secoli.

La ragazza si domandò se non fosse lei quella di cui parlava la profezia. Le sarebbe davvero piaciuto poter disporre del potere di interagire con gli alberi, così come lo aveva descritto Maria alla Rocchetta Mattei.

Mise una mano sul tronco dell'ulivo, ma non percepì nulla. Provò a concentrarsi, ma non ottenne alcun risultato. Valerio comprese cosa stesse facendo Debora e vedendo la sua espressione triste, cercò di consolarla con un abbraccio.

Praticarono dei fori sul tronco e vi applicarono i sensori. Subito sullo schermo apparvero le immagini di alcuni contadini intenti a raccogliere le olive, poi quelle di un manipolo di Normanni mentre con le spade in pugno affrontavano i Bizantini. Si videro due uomini sostare sotto l'albero e parlare della tremenda epidemia di peste da cui si salvarono miracolosamente gli abitanti di Ostuni.

Valerio disse: «All'epoca si attribuì il merito degli esigui contagi all'opera divina, ma in realtà furono così pochi perché le abitazioni del paese erano imbiancate con la calce che è un disinfettante naturale» poi tacque per non perdersi nemmeno un frammento delle scene riprodotte sullo schermo della sua invenzione.

A un certo punto si vide l'immagine di una donna con indosso abiti eleganti che si avvicinava all'albero in modo furtivo. Recava con sé un vessillo ornato da uno scudo sormontato da numerosi gigli. Ella pronunciò una frase, ma il traduttore del telefono non era settato correttamente su quella lingua simile al francese antico, quindi Debora cercò di cambiare qualche impostazione, ma il risultato non fu dei migliori. Avendo lei studiato francese al liceo, cercò di tradurre quel che la donna stava dicendo: «Io, Beatrice di Provenza, per preservare il segreto della medicina universale qui la depongo. Mio marito ha in animo di partire per le crociate e se venisse a conoscenza di cosa può fare la medicina, tenterà di impadronirsene. Mi ero illusa di essere Arboram, la donna della profezia, ma non è così. Spero che chi verrà dopo di me sia in grado di preservare questo segreto. Lunga vita alla Confraternita degli Alberi».

Aiutandosi con un attrezzo, Beatrice scavò una buca nel punto in cui il tronco dell'albero si intrecciava con un altro, fino a intercettare una radice sotto la quale nascose un piccolo scrigno, poi ricoprì il tutto e si allontanò furtivamente.

Valerio e Debora si guardarono per un momento. Nonostante avessero assistito a quella scena non potevano sapere se la medicina universale fosse ancora sepolta lì o se qualcuno l'avesse presa.

Aiutandosi con gli attrezzi scavarono fino a raggiungere la radice, sotto cui trovarono uno scrigno ormai corroso dal tempo al cui interno era contenuto un messaggio scolpito su un piccolo pezzo di marmo. Era in latino ma riuscirono a tradurlo nel modo seguente: "Qui giaceva la medicina per curare tutti i mali. L'uomo la userebbe nel modo sbagliato per trarne profitto, per questo va affidata al ben più saggio Albero Pensante".

«Mi sembrava troppo facile! Siamo in un vicolo cieco. Non troveremo mai la medicina» disse Valerio con tono triste.

«Cosa si intende per Albero Pensante?» chiese Debora mostrandosi ottimista.

«Qui finisce la nostra indagine. La frase scolpita sulla pietra è enigmatica e potrebbe fare riferimento a qualsiasi albero. Per la Confraternita tutti gli alberi sono in grado di comunicare e quindi di pensare. Sarebbe più semplice trovare un ago in un pagliaio: non possiamo scavare intorno a ogni pianta della Terra!»

I due ragazzi tornarono alla macchina senza dire nemmeno una parola. Non erano stati in grado di recuperare la medicina universale e sicuramente Phalaris, una volta entrato in possesso del medaglione, avrebbe scoperto il luogo in cui era stata nascosta. Valerio sentiva di aver deluso i suoi genitori, di averli in qualche modo traditi e questo lo affliggeva.

Con la consegna del medaglione al Fuoco Greco, tutti gli sforzi compiuti dalla Confraternita degli Alberi per tenerlo al sicuro sarebbero stati cancellati in un sol colpo.

"Ero convinto di potercela fare e invece dovevo ascoltare i miei genitori. Ho fallito. Mio padre aveva ragione, non sono pronto a prendere il suo posto" pensò mestamente il ragazzo.

Per rimanere al sicuro, decisero di dormire in macchina. Alle prime luci dell'alba Debora svegliò Valerio esclamando: «Lo sapevo!».

Lui aprì gli occhi a fatica sbattendo più volte le palpebre.

«Non pretendo di essere svegliato dal profumo di caffè, però nemmeno in modo così brusco.»

«Ne ero certa!»

«Certa di cosa? Ah, non dirmelo! Hai capito che avresti dovuto trovare un ragazzo diverso che ti facesse dormire in un albergo a cinque stelle e non in una macchina. Beh, se è così sono d'accordo con te!»

«In effetti non hai tutti i torti» rispose lei sorridendo, poi aggiunse: «Scemo! Con te starei bene anche in una stalla. Comunque, guarda qui!».

Girò il telefono per mostrargli l'immagine di una pianta d'ulivo antichissima il cui tronco, modellatosi naturalmente nel corso dei secoli, raffigurava il volto di un uomo barbuto. Nella foto si potevano distinguere chiaramente gli occhi, il naso, la bocca e una folta barba. Sembrava il volto di un vecchio saggio intento a pensare agli eventi di cui per secoli era stato testimone e silenzioso osservatore.

«Si trova a circa un'ora e mezza da qui nel comune di Ginosa ed è chiamato "l'Albero Pensante". La frase incisa sul marmo diceva che la medicina doveva essere affidata al ben più saggio "Albero Pensante". Capisci? Non riuscivo a spiegarmi il motivo per cui fosse scritto con le lettere maiuscole come quelle di un nome proprio, allora mi sono messa a cercare su internet ed ecco qua il risultato. Le coordinate dell'albero non sono note perché i locali lo vogliono proteggere dai turisti, ma con un po' di fortuna, chiedendo in giro, sono convinta di riuscire a trovarlo.»

«Meriteresti di essere a capo della Confraternita degli Alberi!» esclamò Valerio abbracciandola energicamente.

Andarono a Ginosa dove cominciarono a chiedere informazioni in merito all'albero ma gli abitanti sembravano restii a parlarne, come se volessero proteggerlo.

Una signora anziana di nome Arianna, invece, si dimostrò piuttosto gentile nei loro confronti. Li fece entrare in casa raccontando di quanto le mancasse il figlio, morto anni prima a causa di un incidente d'auto. Valerio e Debora le facevano pensare ai nipoti che non aveva mai avuto, quindi fu così carina da consentire ai ragazzi perfino di utilizzare il bagno per farsi una doccia. In più, dimostrando uno spiccato senso dell'ospitalità, caratteristica comune degli italiani, preparò loro da mangiare. Al termine del pasto rivelò dove si trovasse l'ulivo, pregando entrambi di non danneggiarlo. I ragazzi avrebbero dovuto parcheggiare l'auto in campagna e percorrere a piedi una strada sterrata fino a giungere in una radura dove sorgeva un albero solitario su cui era attaccato un filo collegato a sua volta a tanti altri alberi. Seguendolo sarebbero giunti all'Albero Pensante. Ringraziarono la signora, ripromettendosi di tornare da lei in futuro con dei doni per sdebitarsi.

Grazie alle informazioni ricevute arrivarono sul posto e rimasero sbalorditi. Un conto è vedere il maestoso albero in foto, mentre un altro è trovarselo di fronte. Si tratta di un capolavoro modellato dalle sapienti mani della natura che nel corso dei secoli, pazientemente, ha espresso la sua arte dando vita a un'opera sublime.

Valerio disse: «Il saggio Albero Pensante. Ora tutto ha un senso. In questo caso non è stato l'uomo a raffigurare la natura, come spesso fanno i pittori sulle tele, ma è la natura ad aver raffigurato l'uomo. È lei l'artista. Si tratta di una magnifica metafora, come se la natura invitasse l'essere umano a pensare, a riflettere sul fatto che dovrebbe connettersi di più con essa. Si tratta di un volto silente, immobile, come se volesse esortare gli abitanti della società moderna a correre meno, a recuperare il gusto racchiuso nell'attesa, nelle cose semplici e a non consumare più del necessario. Anche il silenzio è una forma di comunicazione e l'Albero Pensante, come fosse l'incarnazione della natura stessa, sembra volersi rivolgere a chiunque passi di qui. Non esiste al mondo un posto più evocativo di questo per nascondere la medicina universale».

Badando di non danneggiare in nessun modo l'albero, scavarono varie buche alla base del fusto dove trovarono i resti di una scatola di ferro. Al suo interno, avvolta in un panno logoro, vi era una fiala di vetro opacizzata dal tempo contenente nella parte superiore un liquido trasparente giallognolo mentre in quella inferiore una sostanza bianca.

«Debora, ci siamo!» disse lui stringendo al petto la fiala. I due si abbracciarono così forte da togliersi il respiro e sotto lo sguardo attento di quell'albero millenario le loro labbra si unirono.

L'Albero Pensante di Ginosa

28

I due ragazzi alloggiarono in una pensioncina appena fuori dal paese, ma erano indecisi sul da farsi. Da una parte volevano fare analizzare il contenuto della fiala per scoprire cosa contenesse, dall'altra erano consci che se si fossero recati in un laboratorio avrebbero destato qualche sospetto e con ogni probabilità sarebbero stati individuati dagli uomini del Fuoco Greco. Il tempo a disposizione non era molto e dovevano cominciare a dirigersi verso Firenze per liberare Azoth e Livia. Decisero di tenere nascosta la fiala, con l'idea di farne analizzare il contenuto in un secondo momento. Nel frattempo avrebbero consegnato il medaglione a Phalaris in cambio della liberazione dei genitori di Valerio.

A prima vista il piano messo a punto sembrava senza lacune, ma l'inesperienza dei ragazzi gli impediva di comprendere fino in fondo quanto Phalaris fosse astuto e per nulla abituato a perdere.

Durante il viaggio in treno per Firenze ebbero la sensazione di essere osservati. Si trovavano nel vagone ristorante quando Debora chiese a Valerio: «Se avessimo usato il medaglione senza servirci della tua macchina, avremmo comunque trovato la fiala?».

«Penso di sì. Il medaglione è più che sufficiente per trovare la medicina universale. Vedere le immagini però aggiunge valore alla scoperta e regala forti emozioni. Al contrario se avessimo utilizzato solo la mia invenzione, senza poter sentire l'audio, certamente non avremmo trovato la fiala.»

Un cameriere porse loro un biglietto con su scritto: "La pietra nascosta, scintilla alla luce del sole".

«Andiamocene da qui» sussurrò Valerio.

«Che succede?»

«Non so bene cosa significhi, ma quando anni fa mi trovavo nel bosco con mio padre per dissotterrare il medaglione, fummo attaccati dagli emissari del Fuoco Greco e lui mi disse di riferire questa frase a mia madre. Sicuramente serve per segnalare un pericolo!»

I due si avviarono verso il loro scompartimento e con la coda dell'occhio notarono di essere seguiti da un uomo dallo sguardo torvo. Con le valigie raggiunsero l'ultimo vagone dove si nascosero nel vano bagagli fino all'arrivo del treno a Firenze.

Uscirono rapidamente dalla stazione avviandosi a piedi per le vie della città fino a raggiungere un albergo dove presero alloggio. Valerio sapeva che avrebbe dovuto trovare un posto dove nascondere il medaglione e la fiala, ma il suo sesto senso gli consigliava di tenerli con sé. Quando con Debora tornarono in stanza dopo aver cenato, la trovarono completamente a soqquadro come se qualcuno l'avesse rivoltata da cima a fondo per trovare il medaglione.

Saldarono il conto dell'albergo e sfruttando l'oscurità della sera, uscirono da una porta secondaria per andare in una pensioncina. Il giorno successivo Debora comprò un pacco di farina, una fiala e un rotolo di carta abrasiva. Miscelò l'acqua con la farina per ottenere una pasta bianca appiccicosa che mise all'interno della fiala. Con la carta abrasiva la strofinò al punto da farla sembrare antica. In questo modo se i ragazzi fossero stati minacciati da Phalaris, avrebbero potuto salvarsi consegnandogli sia il medaglione sia la falsa fiala. Nonostante la giovane età e l'inesperienza, entrambi cercavano di fare del loro meglio per prevedere le mosse degli avversari. Per ridurre al minimo le possibilità di essere individuati, si chiusero in camera fino al giorno fissato per lo scambio dei prigionieri.

29

Phalaris giunse di buon mattino a Firenze e stava già pregustando la vittoria. Non aveva lasciato nulla al caso, occupandosi di ogni dettaglio per fare in modo di entrare in possesso del medaglione. Il dispiegamento delle truppe del Fuoco Greco era davvero imponente. Alcuni uomini abbigliati come turisti sarebbero rimasti vicino al loro capo durante lo scambio dei prigionieri, altri invece avrebbero circondato la piazza presidiando ogni suo accesso. I cecchini erano appostati sui tetti con i fucili caricati con dardi dalla punta avvelenata. Non appena Phalaris fosse entrato in possesso del medaglione, avrebbe dato l'ordine di aprire il fuoco. Una volta colpite le vittime, i dardi avvelenati le avrebbero uccise dopo qualche secondo consentendo agli uomini del Fuoco Greco di non destare, almeno in un primo momento, l'attenzione dei turisti e di potersi allontanare indisturbati.

"Non hanno scampo. Ho giocato bene le mie carte e il sogno di una vita si sta per avverare. Renderò fieri i miei avi, accrescerò il patrimonio di famiglia e sconfiggerò una volta per tutte la Confraternita degli Alberi" pensò Phalaris mentre entrava in una casa di proprietà del Fuoco Greco situata non lontano dalla Cattedrale.

Un uomo condusse da lui Amaltea. Phalaris intendeva farla uccidere nella piazza insieme a tutti gli altri. Le aveva nascosto addosso una dichiarazione falsa che l'incolpava di aver organizzato l'eliminazione degli ostaggi e dei due ragazzi. La morte della donna sarebbe dovuta passare come un errore commesso dagli uomini che lei stessa aveva ingaggiato e disposto sui tetti per commettere quel crimine. Scaricando ogni responsabilità su di lei, le future indagini della polizia sarebbero state sviate. Il tempo passò rapidamente e ormai mancavano dieci minuti a mezzogiorno. Phalaris si trovava davanti alla Cattedrale di Santa Maria del Fiore con i genitori di Valerio e Amaltea alla quale aveva mentito, promettendo di liberarla al pari degli altri due ostaggi.

La piazza era talmente piena di turisti da rendere difficile perfino spostarsi a piedi da una parte all'altra. Per avere un'idea della direzione del vento, i cecchini avevano fissato davanti alla Cattedrale varie bandelle di plastica: tutto era pronto e le possibilità di sopravvivere per i ragazzi e gli ostaggi erano davvero poche.

Alle dodici meno cinque un uomo del Fuoco Greco comunicò via radio ai suoi compagni di tenersi pronti dato che Valerio e Debora erano appena entrati nella piazza.

Camminavano lentamente, guardandosi intorno come se avessero paura. Non appena Azoth e Livia videro il figlio, gli corsero incontro per abbracciarlo. Phalaris non si oppose ma non per far vivere un momento di gioia alla famiglia, piuttosto per farli avvicinare gli uni agli altri e rendere più semplice il compito dei cecchini. Senza dire una parola tese la mano in attesa di ricevere il medaglione e quando l'ebbe in suo possesso chiese anche la medicina universale. Era stato informato del fatto che i ragazzi erano riusciti a recuperare il medaglione alla Rocchetta ma non sapeva se l'avessero utilizzato per trovare la medicina universale, tuttavia volle provare a chiederla. Debora gli mise tra le mani la falsa fiala contenente la farina disciolta nell'acqua.

Gli occhi di Phalaris brillarono per un istante mentre quelli di Azoth e Livia si riempirono di orrore.

Il capo del Fuoco Greco diede via radio ai suoi uomini l'ordine di aprire il fuoco. «Procedete pure.»

Passò qualche secondo, ma non accadde nulla. Diede nuovamente l'ordine, ma nessun dardo venne lanciato in direzione degli ostaggi.

«Mi avete sentito? Ho detto: procedete!» urlò Phalaris in preda alla rabbia.

«Non ti sentono» disse una donna con uno zaino a tracolla. Phalaris la guardò attentamente, chiedendosi chi fosse quella turista dalla pelle color ebano. Si trattava di Maria, la donna incontrata da Valerio e Debora alla Rocchetta Mattei, che tra le mani aveva un piccolo marchingegno per disturbare le frequenze radio.

Suo marito Pierre si trovava poco più indietro e lanciò a terra due fumogeni per rendere difficile il compito dei cecchini di inquadrare i bersagli, ma Phalaris aveva previsto anche questo e con un cenno della mano diede ordine a un suo uomo camuffato da turista, di sparare ai prigionieri con i dardi dalla punta avvelenata. Egli mirò alla testa di Livia e lasciò partire il colpo. Il dardo sibilando fendette l'aria satura di fumo e il grido di una donna si levò alto nel cielo. Il cuore di Azoth sembrò quasi fermarsi per lo spavento, quello di Valerio cominciò a palpitare senza sosta.

Amaltea si era gettata in avanti per proteggere Livia ed era stata colpita sul collo dal dardo. Non le restava molto da vivere, ma riuscì a dire: «So che è troppo tardi, ma mi pento di aver tradito la Confraternita così come la famiglia che mi ha accolto in casa. Voglio un gran bene al mio Piccolo Lord».

Guardando Phalaris che nel frattempo le si era avvicinato, esclamò: «Non metterò mai al mondo un figlio simile a te! Sì, sono incinta e il tuo erede morirà con me!».

Sentì formicolare le gambe e cadde a terra, tuttavia riuscì a estrarre il dardo dal collo per conficcarlo su una caviglia di Phalaris il quale spalancò gli occhi. I suoi uomini tentarono di sostenerlo, ma egli si accasciò riuscendo appena a dire un momento prima di esalare l'ultimo respiro: «Il mio sogno...». Il cuore di Amaltea invece non si era ancora fermato, ma stava rallentando i suoi battiti come se non volesse smettere di funzionare.

Le grida dei turisti ormai riempivano la piazza. Valerio raccolse rapidamente il medaglione da terra mettendoselo in tasca poi con gli altri seguì Pierre e Maria all'interno della Cattedrale il cui silenzio era turbato dalle sirene dei mezzi della polizia in avvicinamento. Gli uomini del Fuoco Greco furono bloccati dalla vigilanza dell'edificio sacro, ma riuscirono comunque a farsi largo. Nel frattempo i fuggitivi servendosi di un'uscita laterale, avevano imboccato una via che non era presidiata dagli emissari del Fuoco Greco.

30

Gli uomini di Phalaris si ritirarono dalla piazza portando via il corpo del loro capo. Amaltea fu trasportata in ospedale ma per lei non ci fu nulla da fare. I medici notarono sotto le larghe vesti un'inusuale pancia pronunciata. L'operarono d'urgenza riuscendo a far nascere un bambino dai capelli biondi che, nonostante fosse venuto al mondo prematuramente, riuscì a sopravvivere. Fino a un momento prima di morire Amaltea non aveva rivelato a Phalaris di essere incinta e la sua corporatura esile l'aveva aiutata a nascondere quel segreto perché sapeva che una volta partorito avrebbe dovuto sacrificare la vita per il Fuoco Greco.

Quella stessa sera un uomo con indosso un impermeabile si presentò in ospedale fornendo false generalità al personale di guardia, dicendo di essere un parente di una persona ricoverata nel reparto di cardiologia. Si introdusse furtivamente in una stanza dove rubò un camice bianco per potersi confondere con il personale medico, ma un'infermiera si insospettì e gli chiese di mostrarle il tesserino. Visibilmente spazientito l'uomo roteò i suoi profondi occhi castani, dopodiché spinse la donna all'interno del magazzino delle pulizie chiudendola dentro. Giunse al nido di fronte alla culla dove si trovava il figlio di Amaltea e Phalaris. Prese il piccolo in braccio e sussurrò: «Abbiamo trovato i libri che sono conservati nella biblioteca della casa di campagna della tua famiglia, grazie ai quali siamo riusciti a scoprire il segreto nascosto nel tuo DNA. Non potrai crescere come tutti gli altri bambini, ti terremo lontano dalla società, ma è per il tuo bene e per il futuro della nostra organizzazione».

Il piccolo sparì dall'ospedale e fu condotto in una località segreta.

31

Dopo aver lasciato Firenze, i quattro si recarono in provincia di Roma in una casa di campagna di proprietà della Confraternita dove Valerio era stato poche volte. Azoth e Livia spesero molto tempo con il lui e Debora per farsi raccontare cosa fosse successo durante il periodo della loro prigionia.

Azoth chiese: «La fiala consegnata a Phalaris era falsa, vero? Dimmi che non hai utilizzato il medaglione per andare a cercare la medicina universale!».

«Beh, papà, non so da dove cominciare. In grandi linee, cioè, tecnicamente... abbiamo trovato la medicina universale, ma quella data a Phalaris era falsa. L'idea era di dare il medaglione a Phalaris in cambio della vostra liberazione. Se poi avesse chiesto la medicina universale gli avremmo dato la finta fiala e infatti così è stato.»

La madre sussultò mentre il padre si portò una mano sul cuore.

«Lo vedi? Ha ripreso tutto da te!» disse Livia rivolgendosi al marito, il quale incassò quella frecciatina con un sorriso, poi fece altre domande per capire come i ragazzi fossero riusciti a rinvenire il medaglione e quale pista avessero seguito per trovare la medicina universale. Azoth era molto curioso. In passato era stato più volte tentato di utilizzare il medaglione per trovare almeno un indizio e capire dove fosse la medicina, ma non aveva mai ceduto alla tentazione. Per questo si era interessato ai rimedi del conte Mattei, proprio per aiutare l'umanità pur senza ricorrere alla medicina universale. In questo modo non avrebbe tradito la Confraternita degli Alberi, ma sarebbe stato in grado di fare comunque del bene.

Valerio si soffermò a descrivere il funzionamento della macchina che aveva inventato, poi raccontò quanto avvenuto alla Rocchetta Mattei, a Creta e in Puglia.

«L'albero pensante! Lo sapevo, cioè, lo avevo immaginato! Eccezionale!» esclamò Azoth con entusiasmo, ma la moglie lo fulminò con lo sguardo.

Livia disse di aver ringraziato Maria e Pierre per il loro prezioso aiuto. Aggiunse poi di aver parzialmente perdonato Amaltea perché dopo averli traditi mettendoli nei guai, si era riscattata uccidendo Phalaris. Improvvisamente si portò una mano alla fronte come se un dubbio l'avesse colta all'improvviso e chiese con voce tremante: «Dove si trova ora la medicina universale?».

Valerio rispose di averla messa in un posto sicuro. Intendeva farla analizzare, capire come replicarla e distribuirla gratuitamente all'intera umanità.

Livia non reagì energicamente così come l'istinto le suggeriva di fare, piuttosto rimase calma e disse: «È giunto il momento di parlarti della Confraternita degli Alberi per farti comprendere l'importante compito che svolge. Ti sei mai chiesto come mai essa è composta per la maggior parte da donne e il perché il ruolo di Capo Supremo può essere ricoperto solo da una donna?».

«Quando ci trovavamo alla Rocchetta, Maria ci ha spiegato qualcosa al riguardo ma non è scesa nei dettagli.»

«Cercherò di essere chiara» disse Livia, aggiungendo: «Nelle società antiche il ruolo femminile era rilevante tanto quello maschile, se non di più. Nell'antico Egitto se un uomo riusciva a conquistare una posizione di potere e a ottenere una certa agiatezza economica, acquisiva il diritto di indossare una parrucca dai capelli lunghi per mostrare di aver raggiunto uno status pari a quello di una donna. In passato le divinità femminili venivano venerate da molti popoli come quello greco e romano. Pensiamo alle Muse e al loro posto di rilevanza nella gerarchia celeste. Esse rappresentavano l'ideale supremo dell'arte che era considerata come l'espressione massima del divino».

«Cosa c'entra tutto ciò con la Confraternita degli Alberi?»

«Abbi pazienza, ci arrivo subito. La nascita della Confraternita degli Alberi affonda le sue radici in tempi antichissimi quando le donne erano venerate. Tutto è cambiato quando alcuni uomini si sono seduti a tavolino e hanno sostituito il culto femminile con quello maschile. Sicuramente in questo momento ti staranno venendo in mente molte religioni il cui dio è rappresentato da un uomo e non da una donna.»

«Beh, sì» ammise Valerio con tono incerto.

Mostrando di essere in perfetta sintonia con la moglie, Azoth intervenne dicendo: «Tutto ciò nel corso dei secoli ha contribuito a ridimenzionare il ruolo delle donne. A differenza del Fuoco Greco, noi siamo orientati verso l'universo femminile proprio per celebrarlo. Purtroppo nella società moderna, quella dell'apparenza, dove regna molta superficialità derivante dal troppo benessere e dal conseguente consumismo, è diffusa l'idea che per venire accettati dagli altri o per rendersi interessanti e suscitare l'ammirazione del prossimo, bisogna trasgredire. Questa moda sta portando intere generazioni a pensare che se si indossano abiti succinti, se ci si concentra sull'aspetto esteriore senza badare a quello interiore, cioè alla crescita intellettiva e spirituale, allora si risulterà dei vincenti. Su questo la Confraternita non è d'accordo, anzi, noi incoraggiamo le donne a studiare e a usare l'ingegno per crescere intellettualmente e dimostrare il loro valore. In questo modo saranno delle egregie rappresentanti dell'universo femminile e miglioreranno il mondo, così come l'astrofisica Margherita Hack, la neurologa Rita Levi-Montalcini, la scienziata Marie Curie, la scrittrice Grazia Deledda e tante altre.»

«Capisco» disse Valerio a bassa voce.

Livia riprese il discorso. «Ciò detto, ti starai chiedendo perché così ostinatamente vogliamo proteggere il segreto della medicina universale. Come ti ha chiarito Amaltea a

Montemurlo, non vogliamo che divenga oggetto di speculazione economica, in più, come ti dissi anche io, se distribuissimo la medicina universale si falserebbe l'equilibrio della natura e l'intera umanità si estinguerebbe.»

«Di questo non sarei così sicuro» rispose Valerio mostrandosi ancora dubbioso.

La madre fece un gesto al figlio e a Debora invitandoli a seguirla. Li condusse nel salone dove tirò a sé un candelabro per far scattare un meccanismo e aprire una botola nascosta sotto il tappeto. Seguiti da Azoth scesero lungo una scala giungendo in una sala sotterranea con al centro un grande cristallo dai riflessi colorati al cui interno si notavano alcuni ingranaggi mossi da una miscela densa, simile nella consistenza alla sabbia. Livia vi passò una mano davanti e subito sulla volta sferica della sala apparvero varie immagini.

Valerio chiese se si trattasse di magia, ma la madre scosse la testa dicendo che in realtà era un metodo usato nell'antichità per vedere il futuro. Quindi aggiunse: «Migliaia di anni prima di Cristo l'impatto di una cometa spostò l'asse della Terra tanto da far ghiacciare l'Antartide, dove viveva una civiltà evoluta che tramite il cristallo era in grado di osservare vari "tipi" di futuro».

«Come hai trovato il cristallo?»

«Fu tanti anni fa nel corso di una spedizione in Antartide a cui prese parte anche tuo padre. Non possiamo servircene per vedere qualsiasi futuro, ma solo uno di quelli, diciamo così, "alternativi" cioè che potrebbero divenire concreti se oggi con le nostre azioni modificassimo il corso degli eventi. Ora ti mostrerò uno di questi futuri alternativi e potrai vedere con i tuoi occhi cosa succederebbe se la medicina universale venisse diffusa.»

Sulla volta sferica apparvero le immagini di alcune famiglie felici poi quelle di persone che si uccidevano pur di accaparrarsi una dose della medicina universale immessa sul mercato da aziende il cui unico scopo era quello di incrementare i profitti economici. Si vide l'umanità alle prese con il problema del sovrappopolamento mondiale provocato dall'elevato numero di nascite e quello ben più esiguo delle morti. Da ciò scaturì una produzione industriale di beni di consumo appena sufficiente per soddisfare la richiesta di un numero elevatissimo di persone. Infine, l'ultima immagine mostrava la Terra devastata dall'inquinamento dove non riusciva a vivere neppure chi aveva assunto la medicina universale.

Valerio annuì, pur rimanendo in silenzio, poi disse: «Finalmente mi è tutto chiaro. Non possiamo falsare l'equilibrio naturale. La medicina universale deve rimanere al sicuro. L'essere umano non ha la maturità necessaria per utilizzarla in modo saggio, almeno non ora».

Il giorno seguente consegnò ai genitori il medaglione e la fiala contenente la medicina universale. Visibilmente compiaciuto dall'atto di maturità del figlio, Azoth lo invitò a cominciare la formazione per diventare il nuovo Gran Maestro della Confraternita degli Alberi. Valerio ne fu a tal punto felice da non riuscire a frenare le lacrime che copiose scesero sulle sue guance.

Quando si calmò, parlò nuovamente al padre della sua invenzione e volle mostrargliela. La collegò al tronco di un albero e quando Azoth vide apparire sullo schermo le immagini di un temporale, stentò a crederci. «Hai creato qualcosa di unico, in grado di eguagliare perfino il genio di chi ha inventato il medaglione!»

«Grazie papà, lo apprezzo davvero. È certamente utile, ma se la mia invenzione non venisse utilizzata insieme al medaglione, servirebbe a poco. Le sole immagini non sono sufficienti per seguire una pista.»

32

Il tempo passò in fretta fino a quando Valerio chiese a Debora di sposarlo. Accadde in un piovoso giorno d'inverno mentre i due stavano facendo una passeggiata. Senza timore di bagnarsi lui si inginocchiò e aprì una scatola contenente un anello, dicendo: «Vorrei essere una stella per sprofondare nell'infinito dei tuoi occhi. Vuoi sposarmi?». Lei si mise a piangere portandosi una mano alla bocca. Con un filo di voce rotta dall'emozione, rispose semplicemente: «Sì».

I due si abbracciarono e già dal giorno seguente cominciarono a fare i preparativi per le nozze. Valerio aveva iniziato la formazione per apprendere ogni cosa sulla Confraternita e quando fu giudicato idoneo, fu invitato ad andare con la futura moglie nella radura per partecipare alla cerimonia di investitura. Debora era felice per lui perché sapeva che era una delle cose che più desiderava. Se Valerio non fosse andato in cerca del medaglione e della medicina universale non sarebbe stato mai pronto per ricoprire l'incarico di Gran Maestro, ma dopo tutto quel che aveva passato era maturato al punto da comprendere in pieno quale fosse la missione della Confraternita degli Alberi. Inoltre, se anni prima avesse visto le immagini proiettate dal cristallo senza compiere alcuna avventura in giro per il mondo alla ricerca del medaglione e della medicina universale, non sarebbe stato in grado di comprendere l'importanza di tenerli al sicuro. Grazie a tutto questo aveva capito che il ruolo di Gran Maestro non poteva essere semplicemente "ereditato", ma doveva rappresentare il punto di arrivo di un lungo percorso di maturazione.

La radura era gremita di persone e come di consueto nessuno indossava le scarpe, proprio per stabilire quel contatto primordiale con la Terra. La luna splendeva nel cielo mentre le nuvole di tanto in tanto le passavano davanti fugacemente come se volessero rubarle la luce, seppur per un istante.

I Canti Hurriti riecheggiarono tra i fusti degli alberi del vicino bosco. Vennero compiuti vari riti propiziatori con l'acqua, alcune spezie, petali di rose e piante selvatiche. Valerio giurò di proteggere a costo della vita sia il medaglione sia la medicina universale. Con suo grande piacere, finalmente, fu nominato Gran Maestro della Confraternita degli Alberi.

Il suo primo compito sarebbe stato quello di nascondere il medaglione e la medicina universale in un posto sicuro. Promise solennemente di non rivelare dove si trovassero nemmeno alla madre e al padre.

Debora e Valerio rimasero a vivere in Italia, terminarono gli studi all'università e trovarono due lavori che consentirono loro di affittare un appartamento spazioso. Nel giorno del matrimonio Azoth e Livia dimostrarono molto affetto nei confronti della ragazza perché sapevano che non aveva una famiglia e volevano farla sentire accolta. La cerimonia fu molto discreta e lei ricevette da tutti gli invitati i complimenti per il vestito bianco. I capelli color miele erano tenuti insieme da un diadema, il trucco era leggero ma riusciva egualmente a mettere in risalto gli occhi castani picchiettati di verde. Valerio aveva optato per un abito classico che gli stava molto bene, ma nonostante ciò gli sguardi di tutti erano puntati sulla sposa.

I ragazzi decisero di rimandare il viaggio di nozze perché ancora temevano le azioni del Fuoco Greco che, sebbene avesse perso il suo leader, non era stato annientato del tutto. Per fare in modo di non essere individuati e per stare più tranquilli, cominciarono a usare documenti di identità falsi.

Debora rimase incinta e dopo nove mesi, in una notte di luna piena, diede alla luce una bella bambina a cui fu dato il nome di Clio, tuttavia sin da subito i genitori si accorsero che qualcosa non andava. Di tanto in tanto la neonata piangeva sino a straziarsi ed era difficile trovare un modo per calmarla.

Un giorno i due genitori avevano degli impegni lavorativi e lasciarono la piccola dai nonni nella loro nuova casa di campagna in cui si erano traferiti da poco per far perdere le loro tracce al Fuoco Greco. Quando alla fine della giornata andarono a riprendere Clio, vennero accolti da Azoth che aveva un'espressione molto seria.

«Cos'hai papà?» chiese Valerio iniziando a preoccuparsi.

«Nulla. Io e tua madre dovremmo parlarvi.»

«Non mi far stare sulle spine! È successo qualcosa a Clio?»

«No, lei sta bene» rispose lui invitandolo a sedersi sul divano accanto alla moglie. Livia arrivò con la bambina in braccio e in modo serio disse: «Abbiamo scoperto una cosa sulla piccola Clio. L'avevamo lasciata riposare nella culletta e lei ha cominciato a piangere. Come ben sapete è difficile trovare qualcosa in grado calmarla, ma ho voluto fare un tentativo...».

«Quale tentativo?» chiese Debora con la voce rotta dall'ansia.

«Ecco, le ho messo tra le mani un ramoscello d'ulivo e si è calmata, poi ho provato a levarglielo e ha ricominciato a piangere.»

«Sarà una coincidenza» disse Debora, ma Valerio capì cosa la madre stesse tentando di dire, perciò rispose: «Non è una coincidenza».

Livia continuò la narrazione dei fatti. «L'ho portata in giardino e le ho fatto toccare con la manina il fusto di un albero. A quel punto non ha solamente smesso di piangere, ma si è anche messa a ridere e aveva lo sguardo divertito come quello di qualcuno che sta guardando uno spettacolo. Perfino i suoi capelli color miele sono stati attraversati per un breve momento da una trama maculata, prima di tornare alla normalità.»

Debora si portò una mano al petto ed esclamò: «Non è possibile! La profezia!».

«Credo proprio di sì, mia cara.»

Nei giorni successivi i genitori fecero qualche altra prova e constatarono che i nonni avevano ragione: Clio si calmava solo quando toccava un ramoscello o la corteccia di un albero. In quelle occasioni la vedevano guardare divertita verso l'alto come se stesse vedendo delle immagini.

Una sera Livia raccontò al figlio e a Debora un episodio accadutole quando era ancora bambina. «Un giorno mia madre mi condusse davanti a un albero suggerendomi di toccare con la mano il fusto, poi mi chiese se avessi udito come una voce o se il contatto con la corteccia mi avesse suscitato qualche emozione. Nonostante volessi compiacerla, fui sincera e scossi la testa dicendo di non aver sentito nulla. Mia madre sperava fossi la bambina dell'antica profezia, ma le sue aspettative furono deluse. Secondo la profezia, in una notte di luna piena sarebbe nata una bambina con il potere di interagire con gli alberi senza l'ausilio del medaglione. Avrebbe assunto il nome di Arboram e sarebbe stata in grado di assorbire la conoscenza di ogni pianta. Vostra figlia è l'incarnazione di Madre Natura, colei che salverà la Terra dalla distruzione. Servendosi della conoscenza del mondo passato acquisita dagli alberi, utilizzerà quanto appreso per impedire il disastro a cui andrà incontro la natura a causa dell'eccessivo consumismo.»

I due genitori tornarono a casa e si misero a parlare del futuro di Clio. Debora espresse il desiderio di darle una vita normale, di farla crescere come tutti gli altri e il marito concordò in pieno con lei. Avrebbero affrontato man mano ogni fase della sua crescita.

All'età di sette anni la bambina era in grado di accostare la mano al tronco dell'albero e di riferire cosa riusciva a vedere e sentire. Raccontava ai genitori storie fantastiche di cavalieri, dame, episodi piacevoli, ma anche spiacevoli avvenuti nel corso del tempo davanti a quella pianta o a quelle che l'avevano generata. Quando la bambina giocava con i coetanei, spesso si assentava per andare dai suoi "amici alberi" come usava definirli. Ogni volta che entrava in connessione con loro, gli occhi castani picchiettati di verde sembravano brillare; inoltre alcune ciocche di capelli venivano attraversate orizzontalmente da una trama maculata composta dai colori verde scuro, nero e sabbia, ma l'effetto passava quando staccava la mano dal fusto.

33

Nel corso degli anni Clio sviluppò una personalità vivace, briosa, ma allo stesso tempo mostrava anche di possedere delle doti introspettive uniche. Il fatto di connettersi spesso con gli alberi le aveva consentito di assistere a molti avvenimenti e questo aveva in qualche modo influito sulle sue capacità intellettive che erano talmente cresciute da essere superiori a quelle di qualsiasi altro abitante della Terra.

Divenne una talentuosa professoressa universitaria di archeologia, ma la sua vita aveva due facce. Di giorno faceva lezione agli studenti, mentre di notte indossava una tuta verde divenendo Arboram per andare a salvare sia i boschi dalla furia di chi voleva abbatterli sia i corsi d'acqua da chi vi gettava i rifiuti industriali. Sabotava le ruspe e ogni mezzo meccanico in grado di danneggiare l'ambiente. Le sue capacità erano cresciute a tal punto da consentirle non solo di accostarsi a un albero per udire e vedere tramite esso qualsiasi cosa, ma anche di sfruttare le connessioni delle radici per collegarsi con altri alberi che si trovavano a chilometri di distanza.

Valerio e Debora, così come i nonni, l'avevano sempre lasciata libera di sperimentare i suoi poteri, anche se temevano che prima o poi il Fuoco Greco le avrebbe dato la caccia per ucciderla. Per questo Clio si presentava alle persone con un nome fittizio e perfino al momento della sua assunzione all'università aveva mostrato un documento falso.

Proprio come fanno molti supereroi dei fumetti, Clio combatteva i criminali per salvare l'ambiente dalla catastrofe. Le sue capacità mentali le avevano permesso di eccellere nelle discipline della meditazione e nelle arti marziali, in più aveva conseguito altre due lauree. Oltre a quella in archeologia, ottenne quella in biologia ambientale e ingegneria. A forza di consultare gli alberi era riuscita a scoprire dove fossero sepolti vari tesori e a far luce su alcuni fatti storici che, se rivelati, avrebbero fatto tremare le fondamenta della società contemporanea. Aveva sempre convissuto con il suo potere anche se a causa di esso, non si poteva permettere di avere una relazione stabile con qualcuno e questo la faceva soffrire.

34

In un tunnel in disuso della metropolitana di Roma, un uomo identico nei lineamenti e nella corporatura al defunto Phalaris stava guardando i riflessi proiettati su una parete da un fuoco che ardeva in un barile di metallo. Tra le mani aveva un foglio ingiallito e una busta con un sigillo di ceralacca apposto sulla sua sommità.

Con un cenno della mano chiamò un attendente ordinandogli di radunare gli uomini.

«È successo qualcosa, signore?» chiese l'altro.

«Sì, è giunto il momento di uscire dall'ombra. Abbiamo appena scoperto che la profezia si è avverata e sappiamo dove si trova Arboram.»

«Come può tornarci utile questa donna?»

«È la nipote dei leader della Confraternita degli Alberi con cui abbiamo un conto in sospeso, in più voglio vendicare mio padre! Rapendo la ragazza potremmo utilizzare le sue abilità per conoscere la storia del passato, rinvenire grandi tesori e impossessarci della medicina universale. In questo modo accresceremo il nostro potere, diventeremo più forti e porteremo a termine la missione iniziata dalla mia famiglia.»

Il conflitto tra la Confraternita degli Alberi e il Fuoco Greco sembrava riprendere vita.

Arboram e Phalaris sarebbero stati al centro di una grande contesa in cui avrebbero svolto un ruolo importante i grandi personaggi del passato di cui gli alberi erano in grado di narrare la vita. Civiltà scomparse, dame coraggiose, impavidi cavalieri, grandi imperatori e tesori nascosti, avrebbero fatto da sfondo agli avvenimenti futuri. Arboram sarebbe divenuta a tutti gli effetti la prima super eroina al mondo a combattere contro i crimini ambientali, ma tutto ciò fa parte di un'altra storia.

La storia di Arboram verrà narrata nel prossimo libro di Emiliano Forino Procacci. Non perdetelo!

Bibliografia:

Alighieri D., *La Divina Commedia. Commento e parafrasi,* San Paolo Edizioni, 1998.

Gaio Giulio Cesare, *De bello Gallico*, Introduzione, traduzione e note di Franco Manzoni, Mursia, 2021.

Rapparini A., *L'esoterismo del Conte Cesare Mattei – I segreti dell'Elettromiopatia ed i misteri della Rocchetta Mattei tra simboli Templari e RosaCroce*, DRS, 2020.

Dello stesso autore:

La trilogia

Il mondo senza emozioni (2020)

In un mondo nel quale le persone non sono in grado di provare alcuna emozione, ha inizio la storia di William Pattern che alla ricerca della verità si spingerà oltre ogni confine. Continui colpi di scena ed eventi inaspettati porteranno il protagonista a confrontarsi con una strana organizzazione della resistenza e a scoprire l'importanza delle emozioni, delle microespressioni facciali e del linguaggio del corpo.
In un mondo popolato da persone con il volto inespressivo e il cuore freddo come il ghiaccio, si verificano molti avvenimenti straordinari, come quello di una storia d'amore impossibile che si intreccia con una trama ricca di azione ed enigmi da risolvere.

Il mondo senza emozioni - EVOLUTION (2021)

Antichi simboli e miti fanno da sfondo a una trama ricca d'azione e piena di colpi di scena, nella quale William Pattern dovrà risolvere complicati enigmi per ripristinare l'ordine mondiale.
Il protagonista andrà alla ricerca di una verità sepolta tra i monumenti di una città ricca di storia, nel tentativo di far trionfare l'amore per la verità. A guidarlo sarà il suo istinto e il desiderio di scoprire cosa si cela dietro un'antica leggenda e misteriose iscrizioni latine.
Un'atmosfera surreale avvolge un mondo nel quale gli esseri umani hanno perso le emozioni e assunto un'espressione facciale neutra.
A una trama appassionante fa da sfondo una storia d'amore tra due esseri umani che sono costretti a lottare per realizzare il loro sogno di vivere una vita felice insieme.

Il mondo senza emozioni - LA VIA DELLA LUCE (2021)

In un mondo senza emozioni William Pattern andrà alla ricerca di antichi miti sepolti tra le pieghe del tempo e della storia. Frasi latine ed enigmi celano da secoli una profonda verità che se rivelata potrebbe cambiare il mondo, per questo William partirà per un'avventura senza precedenti con lo scopo di ristabilire l'ordine mondiale.
Misteriosi monumenti fanno da sfondo a una trama mozzafiato piena di colpi di scena e significati nascosti. Simboli, iscrizioni, figure geometriche, atti eroici, accompagneranno il lettore in un vero e proprio viaggio verso la via della luce.
Il mondo senza emozioni descritto nel romanzo rappresenta una metafora di quello attuale nel quale molte persone interagiscono tramite i social media, ma dove a volte le emozioni stentano a manifestarsi. Da qui l'esigenza di scrivere un romanzo che rappresenti anche uno strumento per diffondere una maggiore consapevolezza verso temi attuali come quello del rispetto delle donne.

DR. EMOTION – Il Supereroe delle emozioni (2022)

Un supereroe, un'organizzazione segreta che vuole sovvertire l'ordine mondiale e una misteriosa pietra rossa. Questi sono solo alcuni elementi del nuovo romanzo di Emiliano Forino Procacci che presenta per la prima volta al mondo un personaggio eccezionale con la capacità di governare le emozioni.
Elementi storici, azione, storie d'amore ed enigmi fanno da sfondo a una trama originale piena di colpi di scena e soprattutto mai presentata prima d'ora al grande pubblico.
Si può essere ogni giorno dei supereroi aiutando il prossimo, esercitando la forza di volontà e facendo appello alle risorse interiori.

Nihil difficile volenti: nulla è arduo per colui che vuole.

La leggenda degli scrittori straordinari (2022)

Le luogotenenze elementali sono in pericolo e potranno essere salvate solo grazie alle Penne di Luce e ai quattro scrittori straordinari, ognuno dotato del potere di far materializzare quanto scrive.
Fantastiche battaglie, luoghi incontaminati, colpi di scena, il tutto mescolato abilmente in una trama originale con riferimenti continui alla mitologia, alla storia, ai numeri e ai simboli.
Dopo il *Dr. Emotion* (primo supereroe al mondo in grado di manipolare le emozioni) e la trilogia *Il mondo senza emozioni*, Emiliano Forino Procacci presenta al pubblico un nuovo originale romanzo, in cui all'azione dei protagonisti fa da sfondo la trattazione di problemi concreti che toccano da vicino la società contemporanea.

Preston Whisley e il portale della storia (2023)

Dante Alighieri, Michelangelo, Leonardo da Vinci sono solo alcuni dei personaggi evocati dallo "scrittore straordinario" Preston Whisley, dotato del potere di generare un portale per connettere il mondo antico con quello moderno.

Come giudicherebbero i personaggi del passato la società contemporanea se avessero l'occasione di visitarla? Emiliano Forino Procacci prova a rispondere a tale quesito con il suo romanzo ricco di informazioni storiche e di eventi realmente accaduti.

Un libro coinvolgente che, così come ci ha abituato l'autore con le sue precedenti opere, vuole mandare un messaggio forte a chi vive nella società moderna, cercando al contempo di sollecitare una riflessione su temi attuali come quelli dell'inquinamento e dell'uso smodato di una tecnologia che lentamente sta allontanando l'essere umano dalla natura da cui egli stesso proviene.

Racconti smarriti tra le stelle (2023)

Una raccolta di storie fantastiche in cui si condensano desideri, difetti e sogni dell'uomo contemporaneo.
Ecco allora alternarsi, tra i protagonisti, chi ha inventato l'elisir dell'eterna giovinezza, chi si fa guidare dall'intelligenza artificiale, chi vive in un corpo adulto con la personalità di un bambino, chi lotta contro la schiavitù del lavoro.
Ognuno di loro segue un suo percorso di vita che chi legge può in tutto o in parte condividere. Ma dove li porta? La risposta, che è la morale nascosta tra le righe di ogni storia, sta a ciascuno scoprirla.
Emiliano Forino Procacci presenta in questo libro una raccolta di storie che mirano a richiamare l'attenzione su temi attuali che riguardano da vicino la società consumistica moderna.

Intelligenza Artificiosa (2024)

La storia è ambientata in un'epoca in cui l'umanità dipende in tutto e per tutto dalle intelligenze artificiali che installate negli smartphone sono in grado di colloquiare tra di loro e di rivelare i segreti più intimi degli utenti. Nel nuovo romanzo di Emiliano Forino Procacci si intrecciano eventi comici con situazioni imbarazzanti che trasportano il lettore in un mondo nel quale manca la privacy e dove ognuno non può più nascondere alcun segreto.
Si tratta di una commedia leggera, divertente, agile, ma rappresenta anche una metafora che è in grado di offrire uno spunto di riflessione sul rapporto di dipendenza tra l'essere umano e la tecnologia. Nel romanzo si può cogliere il dramma interiore vissuto dai protagonisti che con estrema difficoltà riescono a separarsi dagli strumenti elettronici per vivere una vita più "naturale" e vicina alle umane esigenze.

La comunicazione che vive nel passato – Genealogia di un'antica famiglia europea (2017)

Non un romanzo, ma un libro di genealogia che narra le vicende di alcune illustri famiglie europee.

Nel testo è possibile apprezzare, grazie alle numerose lettere che si scambiavano alcune persone vissute nei secoli scorsi, lo stile che sovente utilizzavano, le modalità comunicative ricorrenti e il ricercatissimo lessico di cui facevano uso. Il presente lavoro intende anche fornire un utile contributo alle scienze storico genealogiche - vedasi la narrazione degli eventi legati alla breccia di Porta Pia del 1870, descritti con dovizia di particolari dai testimoni oculari.

Poco importa se si discende da un casato nobile o meno, ma ciò che conta è dimostrare giornalmente con le proprie opere di essere eredi di un'educazione e una cultura secolare. Sarebbe poco onorevole vantarsi di avere avi illustri, se poi con il proprio comportamento non gli si rendesse omaggio.

www.ingramcontent.com/pod-product-compliance
Lightning Source LLC
LaVergne TN
LVHW041024150826
845672LV00001B/193

* 9 7 9 1 2 2 1 0 7 8 8 2 4 *